中国20世纪
名家散文经典

梁实秋◎著

林非◎主编

梁实秋(1903—1987),原籍浙江杭县,生于北京,名梁治华,字实秋。1915年秋考入清华大学,毕业后留学美国哈佛、哥伦比亚大学文学系。1926年回国后在东南大学任教,历任暨南大学、北京师范大学等校外文系教授。1949年去香港,后到台湾,先后任台湾师范学院英语系教授、台湾编译馆馆长等职。1987年病逝于台北。著有散文集《雅舍小品》、《雅舍谈吃》、《雅舍杂文》、《偏见集》、《秋室杂文》,长篇散文集《槐园梦忆》,译有《莎士比亚全集》等,主编有《远东英汉大辞典》。

绚烂之极趋于平淡,但是那平不是平庸之平,那淡不是淡而无味之淡,那平淡乃是不露斧斫之痕的一种艺术韵味。

陕西新华出版
太白文艺出版社·西安

图书在版编目（CIP）数据

梁实秋散文集 / 梁实秋著. -- 西安：太白文艺出版社，2016.3（2024.5重印）
（中国20世纪名家散文经典 / 林非主编）
ISBN 978-7-5513-0888-5

Ⅰ. ①梁… Ⅱ. ①梁… Ⅲ. ①散文集－中国－现代 Ⅳ. ①I266

中国版本图书馆CIP数据核字(2016)第004481号

梁实秋散文集
LIANG SHIQIU SANWENJI

作　　者	梁实秋
主　　编	林非
责任编辑	王大伟　荆红娟　张　笛
整体设计	和兴文化
出版发行	太白文艺出版社
经　　销	新华书店
印　　刷	三河市嵩川印刷有限公司
开　　本	700mm×960mm　1/16
字　　数	167千字
印　　张	11
版　　次	2016年3月第1版
印　　次	2024年5月第2次印刷
书　　号	ISBN 978-7-5513-0888-5
定　　价	42.80元

版权所有　翻印必究
如有印装质量问题，可寄出版社印制部调换
联系电话：029-81206800
出版社地址：西安市曲江新区登高路1388号（邮编：710061）
营销中心电话：029-87277748　029-87217872

主　编　林　非
副主编　陈华昌
编　委　(以姓氏笔画为序)
　　　　王湜华　乔继堂
　　　　刘应争　张品兴
　　　　苏　冰　李晓丽
　　　　惠西平

中国 20 世纪名家散文经典

目　录

雅舍　1

孩子　4

音乐　7

信　10

女人　12

男人　15

洋罪　17

垃圾　20

排队　22

谦让　25

沉默　27

衣裳　29

结婚典礼　32

病　35

聋　37

匿名信　40

第六伦　43

狗　46

鸟　48

猪　50

客　53

握手　55

书房　57

下棋　60

写字 62

麻将 64

喝茶 67

饮酒 70

吸烟 73

画展 76

脸谱 78

中年 81

老年 84

退休 86

代沟 89

送行 92

旅行 95

旁若无人 98

诗人 101

汽车 104

签字 107

讲价 109

理发 112

洗澡 115

乞丐 117

运动 120

医生 123

穷 126

怒 128

睡 130

懒 133

脏 136

谈徐志摩 139

骂人的艺术 164

时间即生命 168

中国20世纪名家散文经典

雅舍

到四川来,觉得此地人建造房屋最是经济。火烧过的砖,常常用来作柱子,孤零零的砌起四根砖柱,上面盖上一个木头架子,看上去瘦骨嶙嶙,单薄得可怜;但是顶上铺了瓦,四面编了竹篦墙,墙上敷了泥灰,远远的看过去,没有人能说不像是座房子。我现在住的"雅舍"正是这样一座典型的房子。不消说,这房子有砖柱,有竹篦墙,一切特点都应有尽有。讲到住房,我的经验不算少,什么"上支下摘""前廊后厦""一楼一底""三上三下""亭子间""茅草棚""琼楼玉宇"和"摩天大厦"各式各样,我都尝试过。我不论住在哪里,只要住得稍久,对那房子便发生感情,非不得已我还舍不得搬。这"雅舍",我初来时仅求其能蔽风雨,并不敢存奢望,现在住了两个多月,我的好感油然而生。虽然我已渐渐感觉它并不能蔽风雨,因为有窗而无玻璃,风来则洞若凉亭,有瓦而空隙不少,雨来则渗如滴漏。纵然不能蔽风雨,"雅舍"还是自有它的个性。有个性就可爱。

"雅舍"的位置在半山腰,下距马路约有七八十层的土阶。前面是阡陌螺旋的稻田,再远望过去是几抹葱翠的远山,旁边有高粱地,有竹林,有水池,有粪坑,后面是荒僻的榛莽未除的土山坡。若说地点荒凉,则月明之夕,或风雨之日,亦常有客到,大抵好友不嫌路远,路远乃见情谊。客来则先爬几十级的土阶,进得屋来仍须上坡,因为屋内地板乃依山势而铺,一面高,一面低,坡度甚大,客来无不惊叹,我则久而安之,每日由

1

梁实秋散文集

书房走到饭厅是上坡,饭后鼓腹而出是下坡,亦不觉有大不便处。

"雅舍"共是六间,我居其二。篦墙不固,门窗不严,故我与邻人彼此均可互通声息。邻人轰饮作乐,咿唔诗章,喁喁细语,以及鼾声、喷嚏声、吮汤声、撕纸声、脱皮鞋声,均随时由门窗户壁的隙处荡漾而来,破我岑寂。入夜则鼠子瞰灯,才一合眼,鼠子便自由行动,或搬核桃在地板上顺坡而下,或吸灯油而推翻烛台,或攀援而上帐顶,或在门框桌脚上磨牙,使得人不得安枕。但是对于鼠子,我很惭愧的承认,我"没有法子"。"没有法子"一语是被外国人常常引用着的,以为这话最足代表中国人的懒惰隐忍的态度。其实我对付鼠子并不懒惰。窗上糊纸,纸一戳就破;门户关紧,而相鼠有牙,一阵咬便是一个洞洞。试问还有什么法子?洋鬼子住到"雅舍"里,不也是"没有法子"?比鼠子更骚扰的是蚊子。"雅舍"的蚊风之盛,是我前所未见的。"聚蚊成雷"真有其事!每当黄昏时候,满屋里磕头碰脑的全是蚊子,又黑又大,骨骼都像是硬的。在别处蚊子早已肃清的时候,在"雅舍"则格外猖獗,来客偶不留心,则两腿伤处累累隆起如玉蜀黍,但是我仍安之。冬天一到,蚊子自然绝迹,明年夏天——谁知道我还是否住在"雅舍"!

"雅舍"最宜月夜——地势较高,得月较先。看山头吐月,红盘乍涌,一霎间,清光四射,天空皎洁,四野无声,微闻犬吠,坐客无不悄然!舍前有两株梨树,等到月升中天,清光从树间筛洒而下,地上阴影斑斓,此时尤为幽绝。直到兴阑人散,归房就寝,月光仍然逼进窗来,助我凄凉。细雨蒙蒙之际,"雅舍"亦复有趣。推窗展望,俨然米氏章法,若云若雾,一片弥漫。但若大雨滂沱,我就又惶悚不安了,屋顶湿印到处都有,起初如碗大,俄而扩大如盆,继则滴水乃不绝,终乃屋顶灰泥突然崩裂,如奇葩初绽,砉然一声而泥水下注,此刻满室狼藉,抢救无及。此种经验,已数见不鲜。

"雅舍"之陈设,只当得简朴二字,但洒扫拂拭,不使有纤尘。我非显要,故名公巨卿之照片不得入我室;我非牙医,故无博士文凭张挂壁间;我不业理发,故丝织西湖十景以及电影明星之照片亦均不能张我四壁。我有一几一椅一榻,酣睡写读,均已有着,我亦不复他求。但是陈设虽简,我却喜欢翻新布置。西人常常讥笑妇人喜欢变更桌椅位置,以为这是妇人天性喜变之一征。诬否且不论,我是喜欢改变的。中国旧式家庭,陈设千篇一律,正厅上是一条案,前面一张八仙桌,一边一把靠椅,两旁是两把靠椅夹一只茶几。我以为陈设宜求疏落参差之致,最忌排偶。"雅舍"所有,毫无新奇,但一物一事之安排布置俱不从俗。人人我室,即知此是我室。笠翁《闲情偶寄》之所论,正合我意。

"雅舍"非我所有,我仅是房客之一。但思"天地者万物之逆旅",人生本来如寄,我住"雅舍"一日,"雅舍"即一日为我所有。即使此一日亦不能算是

我有,至少此一日"雅舍"所能给予之苦辣酸甜,我实躬受亲尝。刘克庄词:"客舍似家家似寄。"我此时此刻卜居"雅舍","雅舍"即似我家。其实似家似寄,我亦分辨不清。

长日无俚,写作自遣,随想随写,不拘篇章,冠以"雅舍小品"四字,以示写作所在,且志因缘。

孩子

兰姆是终身未娶的,他没有孩子,所以他有一篇《未婚者的怨言》收在他的《伊利亚随笔》里。他说孩子没有什么稀奇,等于阴沟里的老鼠一样,到处都有,所以有孩子的人不必在他面前炫耀。他的话无论是怎样中肯,但在骨子里有一点酸——葡萄酸。

我一向不信孩子是未来世界的主人翁,因为我亲见孩子到处在作现在的主人翁。孩子活动的主要范围是家庭,而现代家庭很少不是以孩子为中心的。一夫一妻不能成为家,没有孩子的家像是一株不结果实的树,总缺点什么;必定等到小宝贝呱呱坠地,家庭的柱石才算放稳;男人开始作父亲,女人开始作母亲,大家才算找到各自的岗位。我问过一个并非"神童"的孩子:"你妈妈是作什么的?"他说:"给我缝衣的。""你爸爸呢?"小宝贝翻翻白眼:"爸爸是看报的!"但是他随即更正说:"是给我们挣钱的。"孩子的回答全对。爹妈全是在为孩子服务。母亲早晨喝稀饭,买鸡蛋给孩子吃;父亲早晨吃鸡蛋,买鱼肝油精给孩子吃。最好的东西都要献呈给孩子,否则,作父母的心里便起惶恐,像是作了什么大逆不道的事一般。孩子的健康及其舒适,成为家庭一切设施的一个主要先决问题。这种风气,自古已然,于今为烈。自有小家庭制以来,孩子的地位顿形提高。以前的"孝子"是孝顺其父母之子,今之所谓"孝子",乃是孝顺其孩子之父母。孩子是一家之主,父母都要孝他!

"孝子"之说，并不偏激。我看见过不少的孩子，鼓噪起来能像一营兵；动起武来能像械斗；吃起东西来能像饿虎扑食；对于尊长宾客有如生番；不如意时撒泼打滚有如羊痫，玩得高兴时能把家具什物狼藉满室，有如惨遭洗劫；……但是"孝子"式的父母则处之泰然，视若无睹，顶多皱起眉头，但皱不过三四秒钟仍复堆下笑容，危及父母的生存和体面的时候，也许要狠心咒骂几声，但那咒骂大部分是哀怨乞怜的性质，其中也许带一点威吓，但那威吓只能得到孩子的讪笑，因为那威吓是向来没有兑现过的。"孟懿子问孝，子曰：'无违。'"今之"孝子"深韪是说。凡是孩子的意志，为父母者宜多方体贴，勿使稍受挫阻。近代儿童教育心理学者又有"发展个性"之说，与"无违"之说正相符合。

体罚之制早已被人唾弃，以其不合儿童心理健康之故。我想起一个外国的故事：

一个母亲带孩子到百货商店。经过玩具部，看见一匹木马，孩子一跃而上，前摇后摆，踌躇满志，再也不肯下来。那木马不是为出售的，是商店的陈设。店员们叫孩子下来，孩子不听；母亲叫他下来，加倍不听；母亲说带他吃冰淇淋去，依然不听；买朱古力糖去，格外不听。任凭许下什么愿，总是还你一个不听；当时演成僵局，顿成胶着状态。最后一位聪明的店员建议说："我们何妨把百货商店特聘的儿童心理学家请来解围呢？"众谋金同，于是把一位天生成有教授面孔的专家从八层楼请了下来。专家问明原委，轻轻走到孩子身边，附耳低声说了一句话，那孩子便像触电一般，滚鞍落马，牵着母亲的衣裙，仓皇遁去。事后有人问那专家到底对孩子说的是什么话，那专家说："我说的是'你若不下马，我打碎你的脑壳！'"

这专家真不愧为专家，但是颇有不孝之嫌。这孩子假如平常受惯了不兑现的体罚，威吓，则这专家亦将无所施其技了。约翰孙博士主张不废体罚，他以为体罚的妙处在於直截了当，然而约翰孙博士是十八世纪的人，不合时代潮流！

哈代有一首小诗，写孩子初生，大家誉为珍珠宝贝，稍长都夸作玉树临风，长成则为非作歹，终至于陈尸绞架。这老头子未免过于悲观。但是"幼有神童之誉，少怀大志，长而无闻，终乃与草木同朽"——这确是个可以普遍应用的公式。"小时聪明，大时未必了了。"究竟是知言，然而为父母者多属乐观。孩子才能骑木马，父母便幻想他将来指挥十万貔貅时之马上雄姿；孩子才把一曲抗战小歌哼得上口，父母便幻想着他将来喉声一啭彩声雷动时的光景，孩子偶然拨动算盘，父母便暗中揣想他将来或能掌握财政大权，同时兼营投机买卖；……这种乐观往往形诸言语，成为炫耀，使旁观者有说不出的感想。曾见一幅漫画：一个孩子跪在他父亲的膝头用他的玩具敲打他

父亲的头,父亲眯着眼在笑,那表情像是在宣告"看看!我的孩子!多么活泼,多么可爱!"旁边坐着一位客人咧着大嘴作傻笑状,表示他在看着,而且感觉兴趣。这幅画的标题是:"演剧术"。一个客人看着别人家的孩子而能表示感觉兴趣,这真确实需要良好的"演剧术"。兰姆显然是不欢喜演这样的戏。

孩子中之比较最蠢,最懒,最刁,最泼,最丑,最弱,最不讨人欢喜的,往往最得父母的钟爱。此事似颇费解,其实我们应该记得《西游记》中唐僧为什么偏偏欢喜猪八戒。

谚云:"树大自直",意思是说孩子不需管教,小时恣肆些,大了自然会好。可是弯曲的小树,长大是否会直呢?我不敢说。

中国 20 世纪名家散文经典

音乐

一个朋友来信说:"……我从来没有像现在这样烦恼过。住在我的隔壁的是一群在×××服务的女孩子,一回到家便大声歌唱,所唱的无非是些××歌曲,但是她们唱的腔调证明她们从来没有考虑过原制曲者所要产生的效果。我不能请她们闭嘴;也不能喊'通'!只得像在理发馆洗头时无可奈何的用棉花塞起耳朵来。……"

我同情于这位朋友。但是他的烦恼不是他一个人有的。我曾想,音乐这样东西,在所有的艺术里,是最富于侵略性的。别种艺术,如图画雕刻,都是固定的,你不高兴欣赏便可以不必寓目,各不相扰;唯独音乐,声音一响,随着空气波荡而来,照直侵入你的耳朵,而耳朵平常都是不设防的,只得毫无抵御的任它震荡刺激。自以为能书善画的人,诚然也有令人不舒服的时候;据说有人拿着素扇跪在一位书画家面前,并非敬求墨宝,而是求他高抬贵手,别糟蹋他的扇子。这究竟是例外情形。书家画家并不强迫人家瞻仰他的作品,而所谓音乐也者,则对于凡是在音波所及的范围以内的人,一律强迫接受,也不管其效果是沁人肺腑,抑是令人作呕。

我的朋友对于隔壁音乐表示不满,那情形还不算严重;我曾经领略过一次四人合唱,使我以后对于音乐会一类的集会轻易不敢问津。一阵喝彩声把四位歌者送上演台,钢琴声响动,四位歌者同时张口,我登时感觉到有五种高低疾徐全然不同的调子乱搅我的耳鼓,四位歌者唱出四个调子,第五个声音是从钢琴里发出来的！五缕声音搅作一团，全不和谐。当时我就觉得心旌战动，飘飘然如失却重心，又觉得身临歧路，彷徨无主的样子。我回顾四座，大家都面面相觑，好像都各自准备逃生。一种分崩离析的空气弥漫于全室。像这样的音乐是极伤人的。

"音乐的耳朵"不是人人有的，这一点我承认，也许我就是缺乏这种耳朵。也许是我的环境不好，使我的这种耳朵，没有适当的发育。我记得在学校宿舍里住的时候，对面楼上住着一位音乐家，还是"国乐"，每当夕阳下山，他就临窗献技，引吭高歌，配合着胡琴他唱"我好比……"在这时节我便按捺不住，颇想走到窗前去大声的告诉他，他好比是什么。我顶怕听胡琴，北平最好的名手××我也听过多少次数，无论他技巧怎样纯熟。总觉得唧唧的声音像是指甲在玻璃上抓。别种乐器，我都不讨厌，曾听古琴弹奏一段"梧桐雨"，琵琶乱弹一段"十面埋伏"，都觉得那确是音乐，唯独胡琴与我无缘。莎士比亚的《威尼斯商人》里曾说起有人一听见苏格兰人的风笛便要小便；那只是个人的怪癖。我对胡琴的反感亦只是一种怪癖罢？皮黄戏里的青衣花旦这类，在戏院广场里令人毛发倒竖，若是清唱则尤不可当，嘤然一叫，我本能的要抬起我的脚来，生怕是脚底下踩了谁的脖子！近听汉戏，黑头花脸亦唧唧锐叫，令人坐立不安；秦腔尤为激昂，常令听者随之手忙脚乱，不能自已。我可以听音乐，但若声音发自人类的喉咙，我便看不得粗了脖子红了脸的样子。我看着危险！我着急。

真正听京戏的内行人怀里揣着两包茶叶，踱到边厢一坐，听到妙处，摇头摆尾，随声击节，闭着眼睛体味声调的妙处，这心情我能了解，但是他付了多大的代价！他听了多少不愿意听的声音总能换取这一点音乐的陶醉！到如今，听戏的少，看戏的多。唱戏的亦竟能肺壮气长取胜，而不复重韵味，唯简单节奏尚是多数人所能体会，铿锵的锣鼓，油滑的管弦，都是最简单不过的，所以缺乏艺术教养的人，如一般大腹贾，大人先生，大学教授，大家闺秀，大名士，大豪绅，都趋之若鹜，自以为是在欣赏音乐！

在中西文化的交流中，我们的音乐（戏剧除外）也在蜕变，从"毛毛雨"起以至于现在流行的×××之类，都是中国小调与西洋某一级音乐的混合，时而中菜西吃，时而西菜中吃，将来成为怎样的定型，我不知道。我对音乐既不能作丝毫贡献，所以也很坦然的甘心放弃欣赏音乐的权利，除非为了某种机缘必须"共襄盛举"不得不到场备员。至于像我的朋友所抱怨的那种隔壁歌声，在我则认为是一种不可避免的自然现象，恰如我们住在屠宰场的附近便不能不听见猪叫一样，初听非常凄绝。久后亦就安之。夜深人静，荒凉的路上往往有人高唱"一马离了西凉界……"我原谅他，他怕鬼，用歌声来壮胆，其行可恶，其情可悯。但是在天微明时练习吹喇叭，则是我所不解。

"打——搭——大——滴"一声比一声高,高到声嘶力竭,吹喇叭的人显然是很吃苦,可是把多少人的睡眠给毁了,为什么不在另一个时候练习呢?

在原则上,凡是人为的音乐,都应该宁缺毋滥。因为没有人为的音乐,顶多是落个寂寞。而按其实,人是不会寂寞的。小孩的哭声、笑声,小贩的吆喝声,邻人的打架声,市里的喧阗声,到处"吃饭了吗?""吃饭了么?"的原是应酬而现在变成性命交关的回答声——实在寂寞极了。还有村里的鸡犬声,最令人难忘的还有所谓天籁。秋风起时,树叶飒飒的声音,一阵阵袭来,如潮涌,如急雨,如万马奔腾,如衔枚疾走;风定之后,细听还有枯干的树叶一声声的打在阶上。秋雨落时,初起如蚕食桑叶,窸窸窣窣,继而淅淅沥沥,打在蕉叶上清脆可听。风声雨声,再加上虫声鸟声,都是自然的音乐,都能使我发生好感,都能驱除我的寂寞,何贵乎听那"我好比……我好比……"之类的歌声?然而此中情趣,不足为外人道也。

信

　　早起最快意的一件事，莫过于在案上发现一大堆信——平、快、挂，七长八短的一大堆。明知其间未必有多少令人欢喜的资料，大概总是说穷诉苦琐屑累人的居多，常常令人终日寡欢，但是仍希望有一大堆信来。Marcus Aurelius 曾经说："每天早晨离家时，我对我自己说，'我今天将要遇见一个傲慢的人，一个忘恩负义的人，一个说话太多的人。这些人之所以如此，乃是自然而且必要的；所以不要惊讶。'"我每天早晨拆阅来信，亦先具同样心理，不但不存奢望，而且预先料到我今天将要接到几封催命符式的讨债信，生活比我优裕而反来向我告贷的信，以及看了不能令人喜欢的喜柬，不能令人不喜欢的讣闻等。世界上是有此等人，此等事，所以我当然也要接得此等信，不必惊讶。最难堪的，是遥望绿衣人来，总是过门不入，那才是莫可名状的凄凉，仿佛是有被人遗弃之感。

　　有一种人把自己的文字润格订得极高，颇有一字千金之概，轻易是不肯写信的。你写信给他，永远是石沉大海。假如忽然间朵云遥颁，而且多半是又挂又快，隔着信封摸上去，沉甸甸的，又厚又重——放心，里面第一页必是抄自尺牍大全，"自违雅教，时切遐思，比维起居清泰为颂为祷"这么一套，正文自第二页开始，末尾于顿首之后，必定还要标明"鹄候回音"四个大字，外加三个密圈，此外必不可少的是另附恭楷履历硬卡片一张。这种信也有用处，至少可以令我们知道此人依然健在，此种信不可不复，复时以"……俟有机缘，定当驰告"这么一套为最得体。

另一种人,好以纸笔代喉舌,不惜工本,写信较勤。刊物的编者大抵是以写信为其主要职务之一,所以不在话下。因误会而恋爱的情人们,见面时眼睛都要迸出火星,一旦隔离,焉能不情急智生,烦邮差来传书递简?Herrick 有句云:"嘴唇只有在不能接吻时才肯歌唱。"同样的,情人们只有在不能喁喁私语时才要写信。情书是一种紧急救济,所以亦不在话下。我所说的爱写信的人,是指家人朋友之间聚散匆匆,暌违之后,有所见,有所闻,有所忆,有所感,不愿独秘,愿人分享,则乘兴奋笔,籍通情愫,写信者并无所求,受信者但觉情谊翕如,趣味盎然,不禁色起神往,在这种心情之下,朋友的信可作为宋元人的小简读,家书亦不妨当作社会新闻看。看信之乐,莫过于此。

写信如谈话。痛快人写信,大概总是开门见山。若是开门见雾,模模糊糊,不知所云,则其人谈话亦必是丈八罗汉,令人摸不着头脑。我又曾接得另外一种信,突如其来,内容是讲学论道,洋洋洒洒,作者虽未要我代为保存,我则觉得责任太大,万一庋藏不慎,岂不就要淹没名文。老实讲,我是有收藏信件的癖好的,但亦略有抉择:多年老友,误入仕途,使用书记代笔者,不收;讨论人生观一类大题目者,不收;正文自第二页开始者,不收;用钢笔写在宣纸上,有如在吸墨纸上写字者,不收;横写或在左边写起者,不收;有加新式标点之必要者,不收;没有加新式标点之可能者亦不收;恭楷者,不收;潦草者,不收;作者未归道山,即可公开发表者,不收;如果作者已归道山,而仍不可公开发表者,亦不收!……因为有这样多的限制,所以收藏不富。

信里面的称呼最足以见人情世态。有一位业教授的朋友告诉我,他常接到许多信件,开端如果是"夫子大人函丈"或"××老师钧鉴",写信者必定是刚刚毕业或失业的学生,甚而至于并不是同时同院系的学生,其内容泰半是请求提携的意思。如果机缘凑巧,真个提携了他,以后他来信时便改称"××先生"了。若是机缘再凑巧,再加上铨叙合格,连米贴、房贴算在一起足够两个教授的薪水,他写起信来便干干脆脆的称兄道弟了!我的朋友言下不胜欷歔,其实是他所见不广。师生关系,原属雇佣性质,焉能不受阶级升黜的影响?

书信写作西人曾称之为"最温柔的艺术",其亲切细腻仅次于日记。我国尺牍,尤多精粹之作。但居今之世,心头萦绕者尽是米价涨落问题,一袋袋的邮件之中要检出几篇雅丽可诵的文章来,谈何容易!

女人

有人说女人喜欢说谎；假如女人所捏撰的故事都能抽取版税，便很容易致富。这问题在什么叫作说谎。若是运用小小的机智，打破眼前小小的窘僵，获取精神上小小的胜利，因而牺牲一点点真理，这也可以算是说谎，那么，女人确是比较的富于说谎的天才。有具体的例证。你没有陪过女人买东西吗？尤其是买衣料，她从不干干脆脆地说要作什么衣，要买什么料，准备出多少钱。她必定要东挑西拣，翻天覆地，同时口中念念有词，不是嫌这匹料子太薄，就是怪那匹料子花样太旧，这个不禁洗，那个不禁晒，这个缩头大，那个门面窄，批评得人家一文不值。其实，满不是这么一回事，她只是嫌价码太贵而已！如果价钱便宜，其他的缺点全都不成问题，而且本来不要买的也要购储起来。一个女人若是因为炭贵而不生炭盆，她必定对人解释说："冬天生炭盆最不卫生，到春天容易喉咙痛！"屋顶渗漏，塌下盆大的灰泥，在未修补之前，女人便会向人这样解释："我预备在这地方装安电灯。"自己上街买菜的女人，常常只承认散步和呼吸新鲜空气是她上市的唯一理由。艳羡汽车的女人常常表示她最厌恶汽油的臭味。坐在中排看戏的女人常常说前排的头等座位最不舒适。一个女人馈赠别人，必说："实在买不到什么好的……"其实这东西根本不是她买的，是别人送给她的。一个女人表示愿意陪你去上街走走，其实是她顺便要买东西。总之，女人总欢喜拐弯抹角的放一个小小的烟幕，无伤大雅，颇占体面。这也是艺术，王尔德不

中国20世纪名家散文经典

是说过"艺术即是说谎"么？这些例证还只是一些并无版权的谎话而已。

女人善变，多少总有些哈姆雷特式，拿不定主意；问题大者如离婚结婚，问题小者如换衣换鞋，都往往在心中经过一读二读三读，决议之后再复议，复议之后再否决，女人决定一件事之后，还能随时作一百八十度的大转弯，作出那与决定完全相反的事，使人无法追随。因为变得急速，所以容易给人以"脆弱"的印象。莎士比亚有一名句："'脆弱'呀，你的名字叫作'女人！'"但这脆弱，并不永远使女人吃亏。越是柔韧的东西越不易摧折。女人不仅在决断上善变，即便是一个小小的别针位置也常变，午前在领扣上，午后就许移到了头发上。三张沙发，能摆出若干阵势；几根头发，能梳出无数花头，讲到服装，其变化之多，常达到荒谬的程度。外国女人的帽子，可以是一根鸡毛，可以是半只铁锅，或是一个畚箕。中国女人的袍子，变化也就够多，领子高的时候可以使她像一只长颈鹿，袖子短的时候恨不得使两腋生风，至于钮扣盘花，滚边镶绣，则更加是变幻莫测。"上帝给她一张脸，她能另造一张出来。""女人是水作的"，是活水，不是止水。

女人善哭。从一方面看，哭常是女人的武器，很少人能抵抗她这泪的洗礼。俗语说："一哭二睡三上吊"，这一哭确实其势难当。但从另一方面看，哭也常是女人的内心的"安全瓣"。女人的忍耐的力量是伟大的，她为了男人，为了小孩，能忍受难堪的委曲。女人对于自己的享受方面，总是属于"斯多亚派"的居多。男人不在家时，她能立刻变成为素食主义者，火炉里能爬出老鼠，开电灯怕费电，再关上又怕费开关。平素既已极端刻苦，一旦精神上再受刺激，便忍无可忍，一腔悲怨天然的化作一把把的鼻涕眼泪，从"安全瓣"中汩汩而出，腾出空虚的心房，再来接受更多的委曲。女人很少破口骂人（骂街便成泼妇，其实甚少，）很少揎袖挥拳，但泪腺就比较发达。善哭的也就常常善笑，迷迷的笑，吃吃的笑，格格的笑，哈哈的笑，笑是常驻在女人脸上的，这笑脸常常成为最有效的护照。女人最像小孩，她能为了一个滑稽的姿态而笑得前仰后合，肚皮痛，淌眼泪，以至于翻筋斗！哀与乐都像是常川有备，一触即发。

女人的嘴，大概是用在说话方面的时候多。女孩子从小就往往口齿伶俐，就是学外国语也容易琅琅上口，不像嘴里含着一个大舌头。等到长大之后，三五成群，说长道短，声音脆，嗓门高，如蝉噪，如蛙鸣，真当得好几部鼓吹！等到年事再长，万一堕入"长舌"型，则东家长，西家短，飞短流长，搬弄多少是非，惹出无数口舌；万一堕入"喷壶嘴"型，则琐碎繁杂，絮聒唠叨，一件事要说多少回，一句话要说多少遍，如喷壶下注，万流齐发，当者披靡，不可向迩！一个人给他的妻子买一件皮大衣，朋友问他"你是为使她舒适吗？"那人回答说："不是，为使她少说些话！"

女人胆小,看见一只老鼠而当场昏厥,在外国不算是奇闻。中国女人胆小不至如此,但是一声霹雷使得她拉紧两个老妈子的手而仍战栗不止,倒是确有其事。这并不是做作,并不是故意在男人面前作态,使他有机会挺起胸脯说:"不要怕,有我在!"她是真怕。在黑暗中或荒僻处,没有人,她怕;万一有人,她更怕!屠牛宰羊,固然不是女人的事,杀鸡宰鱼,也不是不费手脚。胆小的缘故,大概主要的是体力不济。女人的体温似乎较低一些,有许多女人怕发胖而食无求饱,营养不足,再加上怕臃肿而衣裳单薄,到冬天瑟瑟打战,袜薄如蝉翼,把小腿冻得作"浆火藕"色,两只脚放在被里一夜也暖不过来,双手捧热水袋,从八月捧起,捧到明年五月,还不忍释手。抵抗饥寒之不暇,焉能望其胆大。

女人的聪明,有许多不可及处,一根棉线,一下子就能穿入针孔,然后一下子就能在线的尽头处打上一个结子,然后扯直了线在牙齿上砰砰两声,针尖在头发上擦抹两下,便能开始解决许多在人生中并不算小的苦恼,例如缝上衬衣的扣子,补上袜子的破洞之类。至于几根篾棍,一上一下的编出多少样物事,更是令人叫绝。有学问的女人,创辟"沙龙",对任何问题能继续谈论至半小时以上,不但不令人入睡,而且令人疑心她是内行。

男人

男人令人首先感到的印象是脏！当然男人当中亦不乏刷洗干净洁身自好的，甚至还有油头粉面衣冠楚楚的，但大体讲来，男人消耗肥皂和水的数量要比较少些。某一男校，对于学生洗澡是强迫的，入浴签名，每周计核，对于不曾入浴的初步惩罚是宣布姓名，最后的断然处置是定期强迫入浴，并派员监视，然而日久玩生，签名簿中尚不无浮冒情事。有些男人，西装裤尽管挺直，他的耳后脖根，土壤肥沃，常常宜于种麦！袜子手绢不知随时洗涤，常常日积月累，到处塞藏，等到无可使用时，再从那一堆污垢存货当中拣选比较干净的去应急。有些男人的手绢，拿出来硬像是土灰面制的百果糕，黑糊糊黏成一团，而且内容丰富。男人的一双脚，多半好像是天然的具有泡菜霉干菜再加糖蒜的味道，所谓"濯足万里流"是有道理的，小小的一盆水确是无济于事，然而多少男人却连这一盆水都吝而不用，怕伤元气。两脚既然如此之脏，偏偏有些"逐臭之夫"喜于脚上藏垢纳污之处往复挖掘，然后嗅其手指，引以为乐！多少男人洗脸都是专洗本部，边疆一概不理，洗脸完毕，手背可以不湿，有的男人是在结婚后才开始刷牙。"扪虱而谈"的是男人。还有更甚于此者，曾有人当众搔背，结果是从袖口里面摔出一只老鼠！除了不可挽救的脏相之外，男人的脏大概是由于懒。

对了！男人懒。他可以懒洋洋坐在旋椅上，五官四肢，连同他的脑筋（假如有），一概停止活动，像呆鸟一般；"不闻夫博弈者乎……"那段话是专对男人说的。他若是上街买东西，很少时候能令他的妻子满意，他总是不肯多问几家，怕跑腿，怕费话，怕讲价钱。什么事他都嫌麻烦，除了指使别人替他作的事之外，他像残废人一样，对于什么事都愿坐享其成，而名之曰"室家之乐"。他提前养老，至少提前三二十年。

紧毗连着"懒"的是"馋"。男人大概有好胃口的居多。他的嘴，用在吃的方面的时候多，他吃饭时总要在菜碟里发现至少一英寸见方半英寸厚的肉，才能算是没有吃素。几天不见肉，他就喊"嘴里要淡出鸟儿来！"若真个三月不知肉味，怕不要淡出毒蛇猛兽来！有一个人半年没有吃鸡，看见了鸡毛帚就流涎三尺。一餐盛馔之后，他的人生观都能改变，对于什么都乐观起来。一个男人在吃一顿好饭的时候，他脸上的表情硬是在感谢上天待人不薄；他饭后衔着一根牙签，红光满面，硬是觉得可以骄人。主中馈的是女人，修食谱的是男人。

男人多半自私。他的人生观中有一基本认识，即宇宙一切均是为了他的舒适而安排下来的。除了在作事赚钱的时候不得不忍气吞声的向人奴膝婢颜外，他总是要作出一副老爷相。他的家便是他的国度，他在家里称王。他除了为赚钱而吃苦努力外，他是一个"伊比鸠派"，他要享受。他高兴的时候，孩子可以骑在他的颈上，他引颈受骑，他可以像狗似的满地爬；他不高兴时，他看着谁都不顺眼，在外面受了闷气，回到家里来加倍的发作。他不知道女人的苦处。女人对于他的殷勤委曲，在他看来，就如同犬守户、鸡司晨一样的稀松平常，都是自然现象。他说他爱女人，其实他不是爱，是享受女人。他不问他给了别人多少，但是他要在别人身上尽量榨取。他觉得他对女人最大的恩惠，便是把赚来的钱全部或一部拿回家来，但是当他把一卷卷的钞票从衣袋里掏出来的时候，他的脸上的表情是骄傲的成分多，亲爱的成分少，好像是在说："看我！你行么？我这样待你，你多幸运！"他若是感觉到这家不复是他的乐园，他便有多样的藉口不回到家里来。他到处云游，他另辟乐园。他有聚餐会，他有酒会，他有桥会，他有书会画会棋会，他有夜会，最不济的还有个茶馆。他的享乐的方法太多。假如轮回之说不假，下世侥幸依然投胎为人，很少男人情愿下世作女人的。他总觉得这一世生为男身，而享受未足，下一世要继续努力。

"群居终日，言不及义"，原是人的通病，但是言谈的内容，却男女有别。女人谈的往往是"我们家的小妹又病了！""你们家每月开销多少？"之类。男人的是另一套，普通的方式，男人的谈话，最后不谈到女人身上便不会散场。这一个题目对男人最有兴味。如果有一个桃色案他们唯恐其和解得太快。他们好议论人家的隐私，好批评别人的妻子的性格相貌。"长舌男"是到处有的，不知为什么这名词尚不甚流行。

中国 20 世纪名家散文经典

洋罪

有些人，大概是觉得生活还不够丰富，于顽固的礼教，愚昧的陋俗，野蛮的禁忌之外，还介绍许多外国的风俗习惯，甘心情愿的受那份洋罪。

例如：燕集茶会之类偶然恰是十三人之数，原是稀松平常之事，但往往就有人把事态扩大，认为情形严重，好像人数一到十三，其中必将有谁虽欲"寿终正寝"而不可得的样子。在这种场合，必定有先知先觉者托故逃席，或临时加添一位，打破这个凶数，又好像只要破了十三，其中人人必然"寿终正寝"的样子。对于十三的恐怖，在某种人中间近已颇为流行。据说，它的来源是外国的耶稣基督被他的使徒犹大所卖，最后晚餐时便是十三人同席。因此十三成为不吉利的数目。在外国，听说不但燕集之类要避免十三，就是旅馆的号数也常以12A来代替十三。这种近于迷信而且无聊的风俗，移到中国来，则于迷信与无聊之外，还应该加上一个可嗤！

再例如：划火柴给人点纸烟，点到第三人的纸烟时，则必有热心者迫不及待的从旁嘘一口大气，把你的火柴吹熄。一根火柴不准点三支纸烟。据博闻者说，这风俗也是外国的。好像这风俗还不怎样古，就是上次大战的时候，夜晚战壕里的士兵抽烟，如果火柴的亮光延续到能点燃三支纸烟那么久，则敌人的枪弹炮弹必定一齐飞来。这风俗虽"与抗战有关"，但在敌人枪炮射程以外的地方，若不加解释，则仍容易被人目为近于庸人自扰。

又例如：朋辈对饮，常见有碰杯之举，把酒杯碰得当一声响，然后同时仰着脖子往下灌，咕噜咕噜的灌下去，点头咂嘴，踌躇满志。为什么要碰那一下子呢？这又是外国规矩。据说在相当古的时候，而人心即已不古，于揖让酬应之间，就许在酒杯里下毒药，所以主人为表明心迹起见，不得不与客人喝个"交杯酒"，交杯之际，当的一声是难免的；到后来，去古日远，而人心反倒古起来了，酒杯里下毒药的事情渐不多见，主客对饮只须作交杯状，听那当然一响，便可以放心大胆的喝酒了。碰杯之起源，大概如此。在"安全第一"的原则之下，喝交杯酒是未可厚非的。如果碰一下杯，能令我们警惕戒惧，不致忘记了以酒肉相飨的人同时也有投毒的可能，而同时酒杯质料相当坚牢不致磕裂碰碎，那么，碰杯的风俗却也不能说是一定要不得。

大概风俗习惯，总是慢慢养成，所以能在社会通行。如果生吞活剥的把外国的风俗习惯移植到我们的社会里来，则必窒碍难行，其故在不服水土。讲到这里我也有一个具体的而且极端的例子——

四月一日，打开报纸一看，皇皇启事一则如下："某某某与某某某今得某某某与某某某先生之介绍及双方家长之同意，订于四月一日在某某处行结婚礼，国难期间一切从简，特此敬告诸亲友。"结婚只是男女两人的事，对别人无关，而别人偏偏最感兴趣。启事一出，好事者奔走相告，更好事者议论纷纷，尤好事者拍电致贺。

四月二日报纸上有更皇皇的启事一则如下："某某某启事，昨为西俗万愚节，友人某某某先生遂假借名义，代登结婚启事一则以资戏弄，此事概属乌有，诚恐淆乱听闻，特此郑重声明。"好事者嗒然若丧，更好事者引为谈助，尤好事者则去翻查百科全书，寻找万愚节之源起。

四月一日为万愚节，西人相给以为乐；其是否为陋俗，我们管不着。其是否把终身大事也划在相给的范围以内，我们亦不得知。我只觉得这种风俗习惯，在我们这国度里，似嫌不合国情。我觉得我们几乎是天天在过万愚节。舞文弄墨之辈，专作欺人之谈，且按下不表，单说市井习见之事。即可见我们平日颇不缺乏相给之乐。有些店铺高高悬起"言无二价""童叟无欺"的招牌，这就是反映着一般的诳价欺骗的现象。凡是约期取件的商店，如成衣店洗衣店照像馆之类，因爽约而使我们徒劳往返的事是很平常的，然对外国人则不然，与外国人约甚少爽约之事。我想这原因大概就是外国人只有在四月一日那一天才肯以相给为乐，而在我们则一年三百六十五天，随便那一天都无妨定为万愚节。

万愚节的风俗，在我个人，并不觉得生疏，我不幸从小就进洋习甚深的学校，到四月一日总有人伪造文书诈欺取乐，而受愚者亦不以为忤。现在年事稍长，看破骗局甚多，更觉谑浪取笑无伤大雅。不过一定要仿西人所为，

中国20世纪名家散文经典

在四月一日这一天把说谎普遍化合理化,而同时在其余的三百六十多天又并不仿西人所为,仍然随时随地的言而无信互相欺诈,我终觉得大可不必。

外国的风俗习惯永远是有趣的,因为异国情调总是新奇的居多。新奇就有趣。不过若把异国情调生吞活剥的搬到自己家里来,身体力行,则新奇往往变成为桎梏,有趣往往变成为肉麻。基于这种道理,很有些人至今喝茶并不加白糖与牛奶。

垃圾

人吃五谷杂粮，就要排泄。渣滓不去，清虚不来。家庭也是一样，有了开门七件事，就要产生垃圾。看一堆垃圾的体积之大小，品质之精粗，就可以约略看出其阶级门第，是缙绅人家还是暴发户，是书香人家还是买卖人，是忠厚人家还是假洋鬼子。吞纳什么样的东西，不免即有什么样的排泄物。

如何处理垃圾，是一个问题。最简便的方法是把大门打开，四顾无人，把一筐垃圾往街上一丢，然后把大门关起，眼不见心不烦。垃圾在黄尘滚滚之中随风而去，不干我事。真有人把烧过的带窟窿的煤球平平正正的摆在路上，他的理由是等车过来就会辗碎，正好填上路面的坑洼，像这样好心肠的人到处皆有。事实上每一个墙角，每一块空地，都有人善加利用倾倒垃圾。多少人在此随意便溺，难道不可以丢些垃圾？行路人等有时也帮着生产垃圾，一堆堆的甘蔗渣，一条条的西瓜皮，一块块的橘子皮，随手抛来，潇洒自如。可怜老牛拉车，路上遗矢，尚有人随后产除，而这些路上行人食用水果反倒没有人跟着打扫！

我的住处附近有一条小河，也可以说是臭水沟，据说是什么圳的一个支流，当年小桥流水，清可见底，可以游泳其中，年久失修，渐渐壅淤，水流愈来愈窄而且表面上常漂着五彩的浮渣。这是一个大好的倾倒垃圾之处，邻近人家焉有不知之理。于是穿着条纹睡衣的主妇清早端着便壶往河里倾注，蓬头跣足的下女提着畚箕往河里倒土，还有仪表堂堂的先生往里面

倒字纸篓,多少信笺信封都缓缓的漂流而去,那位先生顾而乐之。手面最大的要算是修缮房屋的人家把大批的灰泥砖瓦向河边倒,形成了河埔新生地。有时还从上流漂来一只木板鞋,半个烂文旦,死猫死狗死猪涨得鼓溜溜的!不知是受了那一位大人先生的恩典,这一条臭水沟被改为地下水道,上面铺了柏油路,从此这条水沟不复发生承受垃圾的作用,使得附近居民多么不便!

在较为高度开发的区域,家门口多置垃圾箱。在应该有两个石狮子或上马磴的地方站立着一个四四方方的乌灰色的水泥箱子,那样子也够腌臜的。这箱子有门有盖,设想周到,可是不久就会门盖全飞,里面的宝藏全部公开展览。不设垃圾箱的左右高邻大抵也都不分彼此惠然肯来,把一个垃圾箱经常弄得脑满肠肥。结果是谁安设垃圾箱,谁家门口臭气四溢。箱子虽说是钢骨水泥作的,经汽车三撞五撞,也就由酥而裂而破而碎而垮。

有人独出心裁,在墙根上留上一窦穴,装以铁门,门上加锁,墙里面砌垃圾箱,独家专用,谢绝来宾。但是亦不可乐观,不久那锁先被人取走,随后门上的扣环也不见了,终于是门户洞开,左右高邻仍然是以邻为壑。

对垃圾最感兴趣的是拾烂货的人。这一行夙兴夜寐,满辛苦的,每一堆垃圾都要加上一番爬梳的功夫,看有没有可以抢救出来的物资。人弃我取,而且取不伤廉。但是在那一爬一梳之下,原状不可恢复,堆变成了摊,狼藉满地,惨不忍睹。家门以内尽管保持清洁,家门以外不堪闻问。

世界上有许多问题永久无法解决,垃圾可能是其中之一,闻说有些国家有火化垃圾的设备,或使用化学品蚀化垃圾于无形,听来都像是天方夜谭的故事。我看了门口的垃圾,常常想到朝野上下异口同声的所谓起飞,所谓进步,天下物无全美,留下一点缺陷,以为异日起飞进步的张本不亦甚善?同时我又想,难以处理的岂只是门前的垃圾,社会上各阶层的垃圾滔滔皆是,又当如何处理?

排队

"民权初步"讲的是一般开会的法则,如果有人撰一续编,应该是讲排队。

如果你起个大早,赶到邮局烧头炷香,柜台前即使只有你一个人,你也休想能从容办事,因为柜台里面的先生小姐忙着开柜子、取邮票文件、调整邮戳,这时候就有顾客陆续进来,说不定一位站在你左边,一位站在你右边,也许是衣冠楚楚的,也许是破衣邋遢的,总之是会把你夹在中间。夹在中间的人未必有优先权,所以三个人就挤得很紧,胳膊粗、个子大、脚跟稳的占便宜。夹在中间的人也未必轮到第二名,因为说不定又有人附在你的背上,像长臂猿似的伸出一只胳膊越过你的头部拿着钱要买邮票。人越聚越多,最后像是橄榄球赛似的挤成一团,你想钻出来也不容易。

三人曰众,古有明训。所以三个人聚在一起就要挤成一堆。排队是洋玩意儿,我们所谓"鱼贯而行"都是在极不得已的情形之下所作的动作。晋书范汪传:"玄冬之月,洹汉干涸,皆当鱼贯而行,推排而进。"水不干涸谁肯循序而进,虽然鱼贯,仍不免於推排。我小时候,在北平有过一段经验,过年父亲常带我逛厂甸,进入海王村,里面有旧书铺、古玩铺、玉器摊,以及临时搭起的几个茶座儿。我父亲如入宝山,图书、古董都是他所爱好的,盘旋许久,乐此不疲,可是人潮汹涌,越聚越多。等到我们兴尽欲返的时候,大门口已经壅塞了。门口只有一个,进也是它,出也是它。而且谁也不理会应靠左边

行,於是大门变成瓶颈,人人自由行动,卡成一团。也有不少人故意起哄,那里人多往哪里挤,因为里面有的是大姑娘、小媳妇。父亲手里抱了好几包书,顾不了我。为了免于被人践踏,我由一位身材高大的警察抱着挤了出来;我从此没再去过厂甸,直到我自己长大有资格抱着我自己的孩子冲出杀进。

中国地方大,按说用不着挤,可是挤也有挤的趣味。逛隆福寺、护国寺,若是冷清清的凄凄惨惨觅觅,那多没有味儿!不过时代变了,人几乎天天到处要像是逛庙赶集。长年挤下去实在受不了,于是排队这洋玩意儿应运而兴。奇怪的是,这洋玩意儿兴了这么多年,至今还没有蔚成风气。长一辈的人在人多的地方横冲直撞,孩子们当然认为这是生存技能之一。学校不能负起教导的责任,因为教师就有许多是不守秩序的好手。法律无排队之明文规定,警察管不了这么多。大家自由活动,也能活下去。

不要以为不守秩序、不排队是我们民族性,生活习惯是可以改的。抗战胜利后我回到北平,家人告诉我许多敌伪横行霸道的事迹,其中之一是在前门火车站票房前面常有一名日本警察手持竹鞭来回巡视,遇到不排队就抢先买票的人,就一声不响高高举起竹鞭飕的一声着着实实的抽在他的背上。挨了一鞭之后,他一声不响的排在队尾了。前门车站的秩序从此改良许多。我对此事的感想很复杂。不排队的人是应该挨一鞭子,只是不应该由日本人来执行。拿着鞭子打我们的人,我真想抽他十鞭子!但是,我们自己人就没有人肯对不排队的人下那个毒手!好像是基于同胞爱,开始是劝,继而还是劝,不听劝也就算了,大家不伤和气。谁也不肯扬起鞭子去取缔,腼颜说是"于法无据"。一条街定为单行道、一个路口不准向左转,又何所据?法是人定的,要什么样的生活方式便应该有什么样的法。

洋人排队另有一套,他们是不拘什么地方都要排队。邮局、银行、剧院无论矣,就是到餐厅进膳,也常要排队听候指引——入座。人多了要排队,两三个人也要排队。有一次要吃皮萨饼,看门口队伍很长,只好另觅食处。为了看古物展览,我参加过一次两千人左右的长龙,我到场的时候才有千把人,顺着龙头往下走,拐弯抹角,走了半天才找到龙尾,立定脚跟,不久回头一看,龙尾又不知伸展得何处去了。我仔细观察发现了一个秘密:洋人排队,浪费空间,他们排队占用一里,由我们来排队大概半里就足够。因为他们每个人与另一个人之间通常保持相当距离,没有肌肤之亲,也没有摩肩接踵之事。我们排队就亲热得多,紧迫钉人,唯恐脱节,前面人的胳膊肘会戳你的肋骨,后面人喷出的热气会轻拂你的脖梗。其缘故之一,大概是我们的人丁太旺而场地太窄。以我们的超级市场而论,实在不够超级,往往近于迷你,遇上八折的日子,付款处的长龙摆到货架里面去,行不得也。洋人的税

捐处很会优待主顾,设备充分,偶然有七八个人排队,排得松松的,龙头走到柜台也有五步六步之遥。办起事来无左右受夹之烦,也无后顾催迫之感,从从容容,可以减少纳税人胸中许多戾气。

我们是礼义之邦,君子无所争,从来没有鼓励人争先恐后之说。很多地方我们都讲究揖让,尤其是几个朋友走出门口的时候,常不免於拉拉扯扯礼让了半天,其实鱼贯而行也就够了。我不太明白为什么到了陌生人聚集在一起的时候,便不肯排队,而一定要奋不顾身。

我小时候只知道上兵操时才排队。曾路过大栅栏同仁堂,柜台占两间门面,顾客经常是里三层外三层挤得水泄不通,多半是仰慕同仁堂丸散膏丹的大名而来办货的乡巴佬。他们不知排队犹可说也。奈何数十年后,工业已经起飞,都市中人还不懂得这生活方式中极为重要的一个项目?难道真需要那一条鞭子才行么?

谦让

　　谦让仿佛是一种美德,若想在眼前的实际生活里寻一个具体的例证,却不容易。类似谦让的事情近来似很难得发生一次。就我个人的经验说,在一般宴会里,客人入席之际,我们最容易看见类似谦让的事情。

　　一群客人挤在客厅里,谁也不肯先坐,谁也不肯坐首座,好像"常常登上座,渐渐入祠堂"的道理是人人所不能忘的。于是你推我让,人声鼎沸。辈份小的,官职低的,垂着手远远立在屋角,听候调遣。自以为有占首座或次座资格的人,无不攘臂而前,拉拉扯扯,不肯放过他们表现谦让的美德的机会。有的说:"我们叙齿,你年长!"有的说:"我常来,你是稀客!"有的说:"今天非你上座不可!"事实固然是为让座,但是当时的声浪和唾沫星子却都表示像在争座。主人腆着一张笑脸,偶然插一两句嘴,作鹭鸶笑。这场纷扰,要直到大家的兴致均已低落,该说的话差不多都已说完,然后急转直下,突然平息,本就该坐上座的人便去就了上座,并无苦恼之相,而往往是显着踌躇满志顾盼自雄的样子。

　　我每次遇到这样谦让的场合,便首先想起聊斋上的一个故事:一伙人在热烈的让座,有一位扯着另一位的袖子,硬往上拉,被拉的人硬往后躲,双方势均力敌,突然间拉着袖子的手一松,被拉的那只胳臂猛然向后一缩,胳臂肘尖正撞在后面站着的一位驼背朋友的两只特别凸出的大门牙上,咯吱一声,

双牙落地！我每忆起这个乐极生悲的故事，为明哲保身起见，在让座时我总躲得远远的。等风波过后，剩下的位置是我的，首座也可以，坐上去并不头晕，末座亦无妨，我也并不因此少吃一嘴。我不谦让。

考让座之风之所以如此的盛行，其故有二。第一，让来让去，每人总有一个位置，所以一面谦让，一面稳有把握。假如主人宣布，位置只有十二个，客人却有十四位，那便没有让座之事了。第二，所让者是个虚荣，本来无关宏旨，凡是半径都是一般长，所以坐在任何位置（假如是圆桌）都可以享受同样的利益。假如明文规定，凡坐过首席若干次者，在铨叙上特别有利，我想让座的事情也就少了。我从不曾看见，在长途公共汽车车站售票的地方，如果没有木制的长栅栏，而还能够保留一点谦让之风！因此我发现了一般人处世的一条道理，那便是：可以无需让的时候，则无妨谦让一番，于人无利，于己无损；在该让的时候，则不谦让，以免损己；在应该不让的时候，则必定谦让，于己有利，于人无损。

小时候读到孔融让梨的故事，觉得实在难能可贵，自愧弗如。一只梨的大小，虽然是微屑不足道，但对于一个四五岁的孩子，其重要或者并不下于一个公务员之心理盘算简、荐、委。有人猜想，孔融那几天也许肚皮不好，怕吃生冷，乐得谦让一番。我不敢这样妄加揣测。不过我们要承认，利之所在，可以使人忘形，谦让不是一件容易的事。孔融让梨的故事，发扬光大起来，确有教育价值，可惜并未发生多少实际的效果：今之孔融，并不多见。

谦让作为一种仪式，并不是坏事，像天主教会选任主教时所举行的仪式就满有趣。就职的主教照例的当众谦逊三回，口说"nolo episcopari"。意即"我不要当主教"，然后照例的敦促三回终于勉为其难了。我觉得这样的仪式比宣誓就职之后再打通电声明固辞不获要好得多。谦让的仪式行久了之后，也许对于人心有潜移默化之功，使人在争权夺利奋不顾身之际，不知不觉的也举行起谦让的仪式。可惜我们人类的文明史尚短，潜移默化尚未能奏大效，露出原始人的狰狞面目的时候要比雍雍穆穆的举行谦让仪式的时候多些。我每次从公共汽车售票处杀进杀出，心里就想先王以礼治天下，实在有理。

中国20世纪名家散文经典

沉默

我有一位沉默寡言的朋友。有一回他来看我,嘴边绽出微笑,我知道那就是相见礼,我肃客入座,他欣然就席。我有意要考验他的定力,看他能沉默多久,于是我也打破我的习惯,我也守口如瓶。二人默对,不交一语,壁上的时钟的答的答的声音特别响。我忍耐不住,打开一听香烟递过去,他便一支接一支的抽了起来,巴答巴答之声可闻。我献上一杯茶,他便一口一口的翕呷,左右顾盼,意态萧然。等到茶尽三碗,烟罄半听,主人并未欠伸,客人兴起告辞,自始至终没有一句话。这位朋友,现在已归道山,这一回无言造访,我至今不忘。想不到"闻所闻而来,见所见而去"的那种六朝人的风度,于今之世,尚得见之。

明张鼎思《琅琊代醉编》有一段记载:"刘器之待制对客多默坐,往往不交一谈,至于终日。客意甚倦,或谓去,辄不听,至留之再三。有问之者,曰:'人能终日危坐,而不欠伸欹侧,盖百无一二,其能之者必贵人也。'以其言试之,人皆验。"可见对客默坐之事,过去亦不乏其例。不过所谓"主贵"之说,倒颇耐人寻味,所谓贵,一定要有一副高不可攀的神情,纵然不拒人千里之外,至少也要令人生莫测高深之感,所以处大居贵之士多半有一种特殊的本领,两眼望天,面部无表情,纵然你问他一句话,他也能听若无闻,不置可否。这样的人,如何能不贵?因为深沉的外貌,正好掩饰内部的空虚,这样的人最宜于摆在庙堂之上。孔子家语明明的写着,孔子"入太祖后稷之

庙,庙堂右阶之前有金人焉,三缄其口,而铭其背曰:'古之慎言人也。'"这庙堂右阶的金人,不是为市井细民作榜样的。

謇谔之臣,骨鲠在喉,一吐为快,其实他是根本负有诤谏之责,并不是图一时之快。鸡鸣犬吠,各有所司,若有言官而箝口结舌,宁不有愧于鸡犬?至于一般的仁人君子,没有不愤世忧时的,其中大部分悯默无言,但有间或也有"宁鸣而死,不默而生"的人,这样的人可使当世的人为之感喟,为之击节,他不能全名养寿,他只能在将来历史上享受他应得的清誉罢了。在有"不发言的自由"的时候而甘愿放弃这一项自由,这也是个人的自由。在如今这个时代,沉默是最后的一项自由。

有道之士,对于尘劳烦恼早已不放在心上,自然更能欣赏沉默的境界。这种沉默,不是话到嘴边再咽下去,是根本没话可说,所谓"知者不言,言者不知。"世尊在灵山会上,拈华示众,众皆寂然,唯迦叶破颜微笑,这会心微笑胜似千言万语。莲池大师说得好:"世间醲醞醇醴,藏而弥久而弥美者,皆繇封锢牢密不泄气故。古人云,'二十年不开口说话,向后佛也奈何你不得。'旨哉言乎!"二十年不开口说话,也许要把口闷臭,但是语言道断之后,性水澄清,心珠自现,没有饶舌的必要。基督教 Carthusian 教派也是以沉默静居为修行法门,经常彼此不许说话。"此中有真意,欲辩已忘言。"

庄子说:"吾安得夫忘言之人,而与之言哉?"现在想找真正懂得沉默的朋友,也不容易了。

衣裳

莎士比亚有一句名言:"衣裳常常显示人品";又有一句:"如果我们沉默不语,我们的衣裳与体态也会泄露我们过去的经历。"可是我不记得是谁了,他曾说过更彻底的话:我们平常以为英雄豪杰之士,其仪表堂堂确是与众不同,其实,那多半是衣裳装扮起来的,我们在画像中见到的华盛顿和拿破仑,固然是奕奕赫赫,但如果我们在澡堂里遇见二公,赤条条一丝不挂,我们会要有异样的感觉,会感觉得脱光了大家全是一样。这话虽然有点玩世不恭,确有至理。

中国旧式士子出而问世必需具备四个条件:一团和气,两句歪诗,三斤黄酒,四季衣裳;可见衣裳是要紧的。我的一位朋友,人品很高,就是衣裳"普罗"一些,曾随着一伙人在上海最华贵的饭店里开了一个房间,后来走出饭店,便再也不得进去,司阍的巡捕不准他进去,理由是此处不施舍。无论怎样解释也不得要领,结果是巡捕引他从后门进去,穿过厨房,到账房内去理论。这不能怪那巡捕,我们几曾看见过看家的狗咬过衣裳楚楚的客人?

衣裳穿得合适,煞费周章,所以内政部礼俗司虽然绘定了各种服装的式样,也并不曾推行,幸而没有推行!自从我们剪了小辫儿以来,衣裳就没有了体制,绝对自由,中西合璧的服装也不算违警,这时候若再推行"国装",只是于错杂纷歧之中更加重些纷扰罢了。

李鸿章出使外国的时候,袍褂顶戴,完全是"满大人"的服

装。我虽无爱于满清章制,但对于他的不穿西装,确实是很佩服的。可是西装的势力毕竟太大了,到如今理发匠都是穿西装的居多。我忆起了二十年前我穿西装的一幕。那时候西装还是一件比较新奇的事物,总觉得是有点"机械化",其构成必相当复杂。一班几十人要出洋,于是西装逼人而来。试穿之日,适值严冬,或缺皮带,或无领结,或衬衣未备,或外套未成,但零件虽然不齐,吉期不可延误,所以一阵骚动,胡乱穿起,有的宽衣博带如稻草人,有的细腰窄袖如马戏丑,大体是赤着身体穿一层薄薄的西装裤,冻得涕泗交流,双膝打战,那时的情景足当得起"沐猴而冠"四个字。当然后来技术渐渐精进,有的把裤脚管烫得笔直,视如第二生命,有的在衣袋里插一块和领结花色相同的手绢,俨然像是一个绅士,猛然一看,国籍都要发生问题。

西装是有一定的标准的。譬如,作裤子的材料要厚,可是我看见过有人在光天化日之下穿夏布西装裤,光线透穿,真是骇人!衣服的颜色要朴素沉重,可是我见过著名自诩讲究衣裳的男子们,他们穿的是色彩刺目的宽格大条的材料,颜色惊人的衬衣,如火如荼的领结,那样子只有在外国杂耍场的台上才偶然看得见!大概西装破烂,固然不雅,但若崭新而俗恶则更不可当。所谓洋场恶少,其气味最下。

中国的四季衣裳,恐怕要比西装更麻烦些。固然西装讲究起来也是不得了的。历史上著名的一例,詹姆斯第一的朋友白金翰爵士有衣服一千六百二十五套。普通人有十套八套的就算很好了。中装比较的花样要多些,虽然终年一两件长袍也能度日。中装有一件好处,舒适。中装像是变形虫,没有一定的形式,随着穿的人身体变。不像西装,肩膊上不用填麻布使你冒充宽肩膀,脖子上不用戴枷系索,裤子里面有的是"生存空间";而且冷暖平均,不像西装咽喉下面一块只是一层薄衬衣,容易着凉,裤子两边插手袋处却又厚至三层,特别郁热!中国长袍还有一点妙处,马彬和先生(英国人入我国籍)曾为文论之。他说这钟形长袍是没有差别的,平等的,一律的遮掩了贫富贤愚。马先生自己就是穿一件蓝长袍,他简直崇拜长袍。据他看,长袍不势利,没有阶级性,可是在中国,长袍同志也自成阶级,虽然四川有些抬轿的也穿长袍。中装固然比较随便,但亦不可太随便,例如脖子底下的钮扣,在西装可以不扣,长袍便非扣不可,否则便不合于"新生活"。再例如虽然在蚊虫甚多的地方,裤脚管亦不可放进袜筒里去,作绍兴师爷状。

男女服装之最大不同处,便是男装之遮盖身体无微不至,仅仅露出一张脸和两只手可以吸取日光紫外线,女装的趋势,则求遮盖愈少愈好。现在所谓旗袍,实际上只是大坎肩,因为两臂已经齐根划出。两腿尽管细直如竹筷,扭曲如松根,也往往一双双的摆在外面。袖不蔽肘,赤足裸腿,从前在某处都曾悬为厉禁,在某一种意义上,我们并不惋惜。还有一点可以指出,男

子的衣服，经若干年的演化，已达到一个固定的阶段，式样色彩大概是千篇一律的了，某一种人一定穿某一种衣服，身体丑也好，美也好，总是要罩上那么一套。女子的衣裳则颇多个人的差异，仍保留大量的装饰的动机，其间大有自由创造的余地。既是创造，便有失败，也有成功。成功者便是把身体的优点表彰出来，把劣点遮盖起来；失败者便是把劣点显示出来，优点根本没有。我每次从街上走回来，就感觉得我们除了优生学外，还缺乏妇女服装杂志。不要以为妇女服装是琐细小事，法朗士说得好："如果我死后还能在无数出版书籍当中有所选择，你想我将选什么呢？……在这未来的群籍之中我不想选小说，亦不选历史，历史若有兴味亦无非小说。我的朋友，我仅要选一本时装杂志，看我死后一世纪中妇女如何装束。妇女装束之能告诉我未来的人文，胜过于一切哲学家，小说家，预言家及学者。"

衣裳是文化中很灿烂的一部分。所以裸体运动除了在必要的时候之外（如洗澡等等），我总不大赞成。

结婚典礼

结婚这件事，只要成年的一男一女两相情愿就成，并不需要而且不可以有第三者的参加。但是民法第892条规定要有公开仪式，再加上社会的陋俗（大部分似"野蛮的遗留"），以及爱受洋罪者的参酌西法，遂形成了近年来通行于中上阶级之所谓结婚典礼，又名"文明结婚"，犹戏中之有"文明新戏"。婚姻大事，不可潦草。单凭父母之命媒妁之言就把一对无辜男女捏合起来，这不叫作潦草；只因一时冲动而遂盲目的订下偕老之约，这也不叫潦草；唯有不请亲戚朋友街坊四邻来胡吃乱叫，或不当众提出结婚人来验明正身，则谓之曰潦草，又名不隆重。假如人生本来像戏，结婚典礼便似"戏中戏"，越隆重则越像。这出戏订期开演，先贴海报，风雨无阻，"撒网"敛钱，鼎惠不辞；届时悬灯结彩，到处猩红；在音乐方面则或用乞丐兼任的吹鼓手，或用卖仁丹游街或绸缎店大减价的铜乐队，或钢琴或风琴或口琴；少不了的是与演员打成一片的广大观众，内中包括该回家去养老的，该寻正当娱乐的，该受别种社会教育以及平时就该摄取营养的；……演员的服装，或买或借或赁，常见的是蓝袍马褂及与环境全然不调和的一身西装大礼服，高冠燕尾，还有那短得像一件斗篷而还特烦两位小朋友牵着的那一橛子粉红纱！那出戏的尾声是，主人的腿子累得发麻，客人醉翻三五辈，门外的车夫一片叫嚣。评剧家曰："很热闹！"

这戏的开始照例是证婚人致词。证婚人照例是新郎的上

中国20世纪名家散文经典

司,或新娘家中比较拿出来最像样的贵戚。他的身份等于"跳加官",但他自己不知道,常常误会他是在作主席,或是礼拜堂里的牧师,因此他的职务成为善颂善祷,和那些在门口高叫"正念喜,抬头观,空中来了福禄寿三仙……"的叫化子是异曲而同工!他若是身通"国学",诗云子曰的一来,那就不得了,在讲易经阴阳乾坤的时候,牵纱的小朋友们就非坐在地上不可,而在人丛后面伸长颈子的那位客人,一定也会把其颈项慢慢缩回去了。我们应该容忍他,让他毕其辞,甚而至于违着良心的报之以稀稀拉拉的掌声。放心,他将得意不了几次!

　　介绍人要两个,仿佛从前的一男媒一女媒,其实是为站在证婚人身旁时一边一个,较有对称之美。介绍人宜于是面团团一团和气,谁见了他都会被他撮合似的。所以常害胃病的,专吃平价米的都不该入选。许多荣任介绍人的常喜欢当众宣布他们只是名义上的介绍人,新郎新娘是早已就……好像是生恐将来打离婚官司时要受连累,所以特先自首似的。其实是他多虑。所谓介绍,是指介绍结婚,这是婚书上写得明明白白的,并不曾要他介绍新郎新娘认识或恋爱,所以以前的因误会而恋爱和以后的因失望而反目,其责任他原是不负的。从前俗语说,"新娘挣上床,媒人扔过墙",现在的介绍人则毋须等待新娘上床便已解除职务了。

　　新郎新娘的"台步"是值得注意的,从这里可以看出导演者的手法。新郎应该像是一只木鸡,由两个傧相挟之而至,应该脸上微露苦相,好像作下什么坏事现在败露了要受裁判的样子,这才和身份相称。新娘走出来要像蜗牛,要像日移花影,只见她的位置移动,而不见她行走,头要垂下来,但又不可太垂,要表示出头和颈子还是连着的,扶着两个煞费苦心才寻到的不比自己美的傧相,随着一派乐声,在众目睽睽之下,由大家尽量端详。礼毕,新娘要准备迎接一阵"天雨粟",也有羼杂粮的,也有带干果的,像冰雹似的没头没脸的打过来。有在额角上被命中一颗核桃的,登时皮肉隆起如舍利子。如果有人扫拢来,无疑的可以熬一大锅"腊八粥"。还有人抛掷彩色纸条。想把新娘作成一个茧子。客人对于新娘的种种行为,由品头论足以至大闹新房,其实在刑法上都可以构成诽谤、侮辱、伤害、侵入私宅和有伤风化等等罪名的,但是在隆重的结婚典礼里,这些丑态是属于"撑场面"一类,应该容许。

　　曾有人把结婚比作"蛤蟆跳井"——可以得水,但是永世不得出来。现代人不把婚姻看得如此严重,法律也给现代人预先开了方便的后门或太平梯之类,所以典礼的隆重并不发生任何担保的价值。没有结过婚的人,把结婚后幻想成为神仙的乐境,因此便以结婚为得意事,甘愿铺张,唯恐人家不

知,更恐人家不来,所以往往一面登报"一切从简",一面却是倾家荡产的"敬治喜筵",以为诱饵。来观婚礼的客人,除了真有友谊的外,是来签到,出钱看戏,或真是双肩承一喙的前来就食!

我们能否有一种简便的节俭的合理的愉快的结婚仪式呢?这件事需要未婚者来细想一下,已婚者就不必多费心了。

病

鲁迅曾幻想到吐半口血扶两个丫鬟到阶前看秋海棠,以为那是雅事。其实天下雅事尽多,唯有生病不能算雅。没有福分扶丫鬟看秋海棠的人,当然觉得那是可羡的,但是加上"吐半口血"这样一个条件,那可羡的情形也就不怎样可羡,似乎还不如独自一个硬硬朗朗到菜圃看一畦萝卜白菜。

最近看见有人写文章,女人怀孕写作"生理变态",我觉得这人倒有点"心理变态"。病才是生理变态。病人的一张脸就够瞧的,有的黄得像讣闻纸,有的青得像新出土的古铜器,比骷髅多一张皮,比面具多几个眨眼。病是变态,由活人变成死人的一条必经之路。因为病是变态,所以病是丑的。西子捧心颦蹙,人以为美,我想这也是私人癖好,想想海上还有逐臭之夫,这也就不足为奇。

我由于一场病,在医院住了很久。我觉得我们中国人最不适宜于住医院。在不病的时候,每个人在家里都可以作土皇帝,佣仆不消说是用钱雇来的奴隶,妻子只是供膳宿的奴隶,父母是志愿的奴隶,平日养尊处优惯了,一旦他老人家欠安违和,抬进医院,恨不得把整个的家(连厨房在内)都搬进去!病人到了医院,就好像是到了自己的别墅似的,忽而买西瓜,忽而冲藕粉,忽而打洗脸水,忽而灌暖水壶。与其说医院家庭化,毋宁说医院旅馆化,最像旅馆的一点,便是人声嘈杂,四号病人快要咽气,这并不妨碍五号病房的客人高谈阔论;六号病人刚吞下两包安眠药,这也不能阻止七号病房里扯着嗓

子喊黄嫂。医院是生与死的决斗场,呻吟号啕以及欢呼叫嚣之声,当然都是人情之所不能已,圣人弗禁;所苦者是把医院当作养病之所的人。

但是有一次我对于我隔壁病房所发的声音,是能加以原谅的。是夜半,是女人声音,先是摇铃随后是喊"小姐",然后一声铃间一声喊,由元板到流水板,愈来愈促,愈来愈高,我想医院里的人除了住了太平间的之外大概谁都听到了,然而没有人送给她所要用的那件东西。呼声渐变成嚎声,情急渐变成哀恳,等到那件东西辗转送到时,已经过了时效,不复成为有用的了。

旧式讣闻喜用"寿终正寝"字样,不是没有道理的,在家里养病,除了病不容易治好之外,不会为病以外的事情着急,如果病重不治必须寿终,则寿终正寝是值得提出来傲人的一种事,表示死者死得舒服。

人在大病时,人生观都要改变。我在奄奄一息的时候,就感觉得人生无常,对一切不免要多加一些宽恕,例如对于一个冒领米贴的人,平时绝不稍予假借,但在自己连打几次强心针之后,再看着那个人贸贸然来,也就不禁心软,认为他究竟也还可以算作一个圆颅方趾的人。鲁迅死前遗言"不饶恕人,也不求人饶恕"。那种态度当然也可备一格。不似鲁迅那般伟大的人,便在体力不济时和人类容易妥协。我僵卧了许多天之后,看着每个人都有人性,觉得这世界还是可留恋的。不过我在体温脉搏都快恢复正常时。又故态复萌,眼睛里揉不进沙子了。

弱者才需要同情,同情要在人弱时施给,才能容易使人认识那份同情,一个人病得吃东西都需要喂的时候,如果有人来探视,那一点同情就像甘露滴在干土上一般,立刻被吸收了进去。病人会觉得人类当中彼此还有联系,人对人究竟比兽对人要温和得多。不过探视病人是一种艺术,和新闻记者的访问不同,和吊丧又不同,我最近一次病,病情相当曲折,叙述起来要半小时,如用欧化语体来说半小时还不够。而来看我的人是如此诚恳,问起我的病状便不能不详为报告,而讲述到三十次以上时,便感觉像一位老教授年年在讲台上开话匣片子那样单调而且惭愧。我的办法是,对于远路来的人我讲得要稍为扩大一些,而且要强调病的危险,为的是叫他感觉此行不虚,不使过于失望。对于邻近的朋友们则不免一切从简诸希矜宥!有些异常热心的人,如果不给我一点什么帮助,一定不肯走开,即使走开也一定不会愉快,我为使他愉快起见,口虽不渴也要请他倒过一杯水来,自己作"扶起娇无力"状。有些道貌岸然的朋友,看见我就要脱离苦海,不免悟出许多佛门大道理,脸上愈发严重,一言不发,愁眉苦脸,对于这朋友我将来特别要借重,因为我想他于探病之外还适于守尸。

中国20世纪名家散文经典

聋

我写过一篇《聋》。近日聋且益甚。英语形容一个聋子，"聋得像是一根木头柱子"，"像是一条蛇"，"像是一扇门"，"像是一只甲虫"，"像是一只白猫"。我尚未聋得像一根木头柱子或一扇门那样。蛇是聋的，我听说过，弄蛇者吹起笛子就能引蛇出洞，使之昂首而舞，不是蛇能听，是它能感到音波的震动。甲虫是否也聋，我不大清楚。我知道白猫是绝对不聋的。我们家的白猫王子，岂但不聋，主人回家时房门钥匙转动作响，它就会竖起耳朵窜到门前来迎。我喊它一声，它若非故意装聋，便立刻回答我一声，我虽然听不见它的答声，我看得见它因作答而肚皮微微起伏。猫不聋，猫若是聋，它怎能捉老鼠，它叫春作啥？

我虽然没有全聋，可是也聋得可以。我对于铃声特别的难于听得入耳。普通的闹钟，响起来如蚊鸣，焉能唤醒梦中人。菁清给我的一只闹钟，铃声特大，足可以振聋发聩。我把它放在枕边。说也奇怪，自从有了这个闹钟，我还不曾被它闹醒过一次。因为我心里记挂着它，总是在铃响半小时之前先已醒来，急忙把闹钟关掉。我的心里有一具闹钟。里外两具闹钟，所以我一向放心大胆睡觉，不虞失时。

门铃就不同了。我家门铃不是普通一按就嗞嗞响的那种，也不是像八音盒似的那样叮叮当当的奏乐，而是一按就啾啾啾啾如鸟鸣。自从我家的那只画眉鸟死了之后，我久矣夫不闻爽朗的鸟鸣。如今门铃啾啾叫，我根本听不见。客人猛

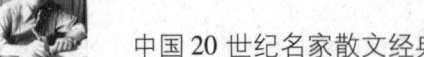

按铃，无人应，往往废然去。如果来客是事前约好的，我就老早在近门处恭候，打开大门，还有一层纱门，隔着纱门看到人影幢幢，便去开门迎客。"老聃之弟子，有亢仓子者，得聃之道，能以耳视而目听。"（《列子·仲尼》）耳视我办不到，目听则庶几近之。客人按铃，我听不见铃响，但是我看见有人按铃了。

电话对我又是一个难题。电话铃没有特大号的，而且打电话来的朋友大半都性急，铃响三五声没人应，他就挂断，好像人人都该随时守着电话机听他说话似的。凡是电话来，未必有好消息，也未必有什么对我有利之事。但是朋友往还，何必曰利？有人在不愿接电话的时间内，拔掉插头，铃就根本不会响。我狠不下这份心。无可奈何，我装上几个分机，书桌上、枕边、饭桌旁、客厅里。尽管如此，有时还是听不到铃响，俟听到时对方不耐烦而挂断了。

有一位好心的读者写信来说，"先生不必为聋而烦恼，现在有一种新的办法，门铃或电话机上都可以装置一盏红色电灯泡，铃响同时灯亮。"我十分感谢这位读者对我的关怀。这也是以目代耳的办法，我准备采纳。不过较根本解决的办法，是大家体恤我的耳聋，不妨常演王徽之雪夜访戴的故事，而我亦绝不介意门可罗雀的景况之出现。需要一通情愫的时候，假纸笔代喉舌，写个三行五行的短笺，岂不甚妙？我最向往六朝人的短札，寥寥数语，意味无穷。

朋友们时常安慰我说，"耳聋焉知非福？首先，这年头儿噪音太多，轰隆轰隆的飞机响，呼啸而过的汽车机车声，吹吹打打的丧车行列，噼噼啪啪的鞭炮，街头巷尾装扩音器大吼的小贩，舍前舍后成群结队的儿童锐声尖叫，……这些噪音不听也罢，落得耳根清净。"话是不错，不过我尚无这么大的福分，尚未到泰山崩于前而不动声色的地步，种种噪音还是多多少少使我心烦。饶是我聋，我还向往古人帽子上簪笄两端悬着两块弃耳琇莹，多少可以挡住一点噪音。

"'人嘴两张皮'，最好蜚短流长、造谣生事，某某畸恋，某某婚变，某某逃亡，某某犯案，凡是报纸上的社会新闻都会说得如数家珍。这样长舌的人到处都有，令人听了心烦，你听不见也就罢了，你没有多少损失。至少有人骂你，挖苦你，讽刺你，你充耳不闻，当然也就不会计较，也就不会耿耿于怀，省却许多烦恼。"别人议论我，我是听不见，可是我知道他在议论我，因为他斜着眼睛睨视我的那副神气不能使我没有感觉。而且我知道他所议论的话，大概是谑而不虐，无伤大雅，因为他议论风生的时候嘴角常是挂着一丝微笑，不可能含有多少恶意。何况这年头儿，难得有人肯当面骂人，凡是恶言恶语多半是躲在你背后说。所以，聋固然听不见人骂，不聋，也听不见。

　　有人劝我学习唇读法,看人的嘴唇怎样动就可以知道他说的是什么话。假如学会了唇读,我想也有麻烦,恐怕需要整天的睁一眼闭一眼,否则凡是嘴唇动的人你都会以目代耳,岂不烦死人?耳根刚得清净,眼根又不得安宁了。"吉人之辞寡,躁人之辞多"。难得遇到吉人,不如索性安于聋聩。

　　安于聋聩亦非易易。因为大家习惯了把我当作一个耳聪的人,并且不习惯于和一个聋子相处。看人嘴唇动,我可不敢唯唯否否,因为何时宜唯唯,何时宜否否,其间大有讲究。我曾经一律以点头称是来应付,结果闹出很尴尬的场面。我发现最好的应付方法是面部无表情,作白痴状。瞎子常戴黑眼镜,走路时以手杖探地,人人知道他是瞎子,都会躲着他。聋子没有标帜,两只耳朵好好的,不像是什么零件出了毛病的人。还有热心人士会附在我耳边窃窃私语,其实吱吱喳喳的耳语我更听不见,只觉得一口口的唾沫星子喷在我的脸上,而且只好听其自干。

匿名信

邮局送来一封匿名信,没启封就知道是匿名信,因为一来我自己心里明白,现在快要到我接匿名信的时候了(如果竟无匿名信到来,那是我把人性估计太低了),二来那只信封的神情就有几分尴尬,信封上的两行字,倾斜而不潦草,正是书法上所谓"生拙",像是郑板桥体,又像是小学生的涂鸦,不是撇太长,就是捺太短,总之是很矜持,唯恐露出本来面目。下款署"内详"二字。现代的人很少有写"内详"的习惯,犹之乎很少有在信封背面写"如瓶"的习惯,其所以写"内详"者,乃是平常写惯了下款,如今又不能写真姓名,于是于不自觉间写上了"内详"云云。

我同情写匿名信的人,因为他或她肯干这种勾当,必定是极不得已,等于一个人若不为生活所逼便绝不至于会男盗女娼一样。当其蓄谋动念之时,一定有一副血脉偾张的面孔,"怒从心上起,恶向胆边生。"硬是按捺不住,几度心里犹豫,"何必?"又几度心理坚决,"必!"于是关门闭户独自去写那将来不便收入文集的尺牍。愤怒怨恨,如果用得其当,是很可宝贵的一种情感,所谓"文王一怒"那是无人不知的了,但是匿名信则除了发泄愤怒怨恨之外还表现了人性的另一面——怯懦。怯懦也不希奇。听说外国的杀人不眨眼的海盗,如果蓄谋叛变开始向船长要挟的时候,那封哀的美敦书的署名是很成问题的,领衔的要冒较大的危险,所以他们发明了 Round Robin 法以姓名连串的写成一圆圈,无始无末,浑然无迹。这

种办法也是怯懦,较之匿名信还是大胆得多。凡是当着人不好说出口的话,或是说出口来要脸红的事,或是根本不能从口里说出来的东西,在匿名的掩护之下可以一泄如注。

匿名信作家在伸纸吮笔之际也有一番为难,笔迹是一重难关,中国的书法比任何其他国的文字更容易表现性格。有人写字匀整如打字机打出来的,其人必循规蹈矩;有人写字不分大小一律出格,其人必张牙舞爪。甚至字体还和人的形体有关,如果字如墨猪,其人往往似"五百斤油",如果笔画干瘦如柴,其人往往亦似一堆排骨。匿名信总是熟人写的,熟人的字迹谁还看不出来?所以写的人要费一番思索。匿名信不能托别人写,因为托别人写,便至少有一个人知道了你的姓名,而且也难得找到志同道合的人,所以只好自己动笔。外国人(如绑票匪)写匿名信,往往从报纸上剪下应用的字母,然后拼成字粘上去,此法甚妙,可惜中国字拉丁化运动尚未成功,从报上剪字便非先编一索引不可。唯一可行的方法是竭力变更字体。然而谈何容易!善变莫如狐,七变八变,总还变不脱那条尾巴。

文言文比白话文难于令人辨出笔调,等于唱西皮二簧,比说话难于令人辨出嗓音。之乎者也的一来,人味减少了许多,再加上成语典故以及古文观止上所备有的古文笔法,我们便很难推测作者是何许人(当然,如果韩文公或柳子厚等唐宋八大家写匿名信,一定不用文言,或者要用语录体罢?),本来文理粗通的人,或者要故意的写上几个别字,以便引人的猜测走上歧途。文言根本不必故意往坏里写,因为竭力往好里写,结果也是免不了拗涩蹩扭。

匿名信的效力之大小,是视收信人性格之不同而大有差异的。譬如一只苍蝇落在一碗菜上,在一个用火酒擦筷子的人必定要大惊小怪起来,一定屏去不食,一个用开水洗筷子的人就要主张烧开了再食,但是在司空见惯了的人,不要说苍蝇落在菜上,就是拌在菜里,驱开摔去便是,除了一刹那间的厌恶以外,别无其他反应。引人恶心这一点点功效,匿名信是有的,不过又不是匿名信所独有。记得十几年前(就是所谓普罗文学鼎盛的那一年)的一个冬夜,我睡在三楼亭子间,楼下电话响得很急,我穿起衣服下楼去接:"找谁?""我请×××先生说话。""我就是。""啊,你就是×××先生吗?""是的,我就是。"这时节那方面的声音变了,变得很粗厉,厉声骂一句"你是□□□!"正惊愕间,呱啦一声,寂然无声了。我再上三层楼,脱衣服,睡觉。在冬天三更半夜上下三层楼挨一句骂,这是令人作呕的事,我记得我足足为之失眠着约一小时!这和匿名信是异趣同工的,不过一个是用语言,一个是用文字。

天下事有不可预防不便追究者,如匿名信便是。要预防,很难,除非自己是文盲,并且专结交文盲。要追究,很苦,除非自甘暴弃与写匿名书信者一般见识。其实匿名信的来源不是不可破获的。核对笔迹是最方便的法子,犹之核对指纹。有一位细心而嗅觉发达的人曾经在启开匿名信之后嗅到一股脂粉香,按照警犬追踪的办法,他可以一直跟踪到人家的闺阁。不过问题是,万一破获了来源,其将何以善其后?尤其是,万一证明了那写信的人是天天见面的一个好朋友,这个世界将如何住得下去?Marcus Aurelius说:"每天早晨我离家时便对自己说:'我今天将要遇见一个傲慢的人,一个忘恩负义的人,一个说话太多的人。这些人之所以要这样,乃是自然的而且必然的,所以不可惊异。'"我觉得这态度很好。世界上是有一种人要写匿名信,他或她觉得愤慨委曲,而又没有一根够硬的脊椎支持着,如果不写匿名信,情感受了压抑,会生出变态,所以写匿名信是自然的而且必然的,不可惊异。这也就是俗话所说,见怪不怪。

写匿名信给我的人以后见了我,不难过吗?我想他一定不敢两眼正视我,他一定要臊不搭的走开,或者搭讪着扯几句淡话,同时他还要努力镇定,要使我不感觉他与往常有什么不同。他写过匿名信后,必定天天期望着他所希冀的效果,究竟有效呢?无效呢?这将使他惶惑不宁。写了匿名信的人一定不会一觉睡到大天光的。

中国 20 世纪名家散文经典

第六伦

　　君臣父子夫妇兄弟朋友,是为五伦,如果要添上一个六伦,便应该是主仆。主仆的关系是每个人都不得逃脱的。高贵如一国的元首,他还是人民的公仆,低贱如贩夫走卒,他回到家里,颐指气使,至少他的妻子媳妇是不免要作奴下奴的。不过我现在所要谈的"仆",是以伺候私人起居为专职的那种仆。所谓"主",是指用钱雇买人的劳力供其驱使的人而言。主仆这一伦,比前五伦更难敦睦。

　　在主人的眼里,仆人往往是一个"必需的罪恶",没有他不成,有了他看着讨厌。第一,仆人不分男女,衣履难得整齐,或则蓬首垢面,或则蒜臭袭人,有些还跣足赤背,瘦骨嶙峋,活像甘地先生,也公然升堂入室,谁看着也是不顺眼。一位唯美主义者(是王尔德还是优思曼?),曾经设计过,把屋里四面墙都糊上墙纸,然后令仆人穿上与墙纸同样颜色同样花纹的衣裳,于是仆人便有了"保护色",出入之际,不致引人注意。这是一种办法,不过尚少有人采用。有些作威作福的旅华外人,以及"二毛子"之类,往往给家里的仆人穿上制服,像番菜馆的侍者似的,东交民巷里的洋官僚,则一年四季的给看门的赶车的戴上一顶红缨帽。这种种,无非是想要减少仆人的一些讨厌相,以适合他们自己的其实更为可厌的品味而已。

　　仆人,像主人一样,要吃饭,而且必然吃得更多。这在主人看来,是仆人很大的一个缺点。仆人举起一碗碰鼻尖的满碗饭往嘴里扒的时候,很少主人(尤其是主妇)看着不皱眉的,

心痛。很多主人认为是怪事,同样的是人,何以一旦沦为仆役,便要努力加餐到这种程度。

主人的要求不容易完全满足,所以仆人总是懒的,总是不能称意,王褒的《僮约》虽是一篇游戏文字,却表示出一般人唯恐仆人少作了事,事前一桩桩列举出来,把人吓倒。如果那个仆人件件应允,件件作到,主人还是不会满意的,因为主人有许多事是主人自己事前也想不到的。法国中古有一篇短剧,描写一个人雇用一个仆人,也是仿王褒笔意,开列了一篇详尽的工作大纲,两相情愿,立此为凭。有一天,主人落井,大声呼援,仆人慢腾腾的取出那篇工作大纲,说:"且慢,等我看看,有没有救你出井那一项目。"下文怎样,我不知道,不过可见中西一体,人同此心。主人所要求于仆人的,还有一点,就是绝对服从,不可自作主张,要像军队临阵一般的听从命令,不幸的是,仆人无论受过怎样折磨,总还有一点个性存留,他也是父母教育的,所以也受过一点发展个性的教育,因此总还有一点人性的遗留,难免顶撞主人。现在人心不古,仆人的风度之合于古法的已经不多,像北平的男仆,三河县的女仆,那样的应对得体,进退有节,大概是要像美洲红人似的需要特别辟地保护,勿令沾染外习。否则这一类型是要绝迹于人寰的了。

驾驭仆人之道,是有秘诀的,那就是,把他当作人,这样一来,凡是人所不容易作到的,我们也就不苛责于他,凡是人所容易犯的毛病,我们也可加以曲宥。陶渊明介绍一个仆人给他的儿子,写信嘱咐他说:"彼亦人子也,可善视之。"这真是一大发明!M. Barrie爵士在《可敬爱的克来顿》那一出戏里所描写的,也可使人恍然于主仆一伦的精义。主仆二人漂海遇险,在一荒岛上过活。起初主人不能忘记他是主人,但是主人的架子不能搭得太久,因为仆人是唯一能砍柴打猎的人,他是生产者,他渐渐变成了主人,他发号施令,而主人渐渐变成为一助手,一个奴仆了。这变迁很自然,环境逼他们如此。后来遇救返回到"文明世界",那仆人又局促不安起来,又自甘情愿的回到仆人的位置,那主人有所凭借,又回到主人的位置了。这出戏告诉我们,主仆的关系,不是天生成的,离开了"文明世界",主仆的位置可能交换。我们固不必主张反抗文明,但是我们如果让一些主人明白,他不是天生成的主人,讲到真实本领他还许比他的仆人矮一大截,这对于改善主仆一伦,也未始没有助益哩!

五世同堂,乃得力于百忍。主仆相处,虽不及五世,但也需双方相当的忍。仆人买菜赚钱,洗衣服偷肥皂,这时节主人要想,国家借款不是也有回扣吗?仆人倔强顶撞傲慢无礼,这时节主人要想,自己的儿子不也是时常反唇相讥,自己也只好忍气吞声么?仆人调笑谑浪,男女混杂,这时节主人要想,所谓上层社会不也有的是桃色案件吗?肯这样想便觉心平气和,便能发

现每一个仆人都有他的好处。在仆人一方面,更需要忍。主人发脾气,那是因为赌输了钱,或是受了上司的气而无处发泄,或是夜里没有睡好觉,或是肠胃消化不良。

Swift 在他的《婢仆须知》一文里有这样一段:"这应该定为例规,凡下房或厨房里的桌椅板凳都不得有三条以上的腿。这是古老定例,在我所知道的人家里都是如此,据说有两个理由,其一,用以表示仆役都是在桌兀不定的状态,其二,算是表示谦卑,仆人用的桌椅比主人用的至少要缺少一条腿。我承认这里对于厨娘有一个例外,她依照旧习惯可以有一把靠手椅备饭后的安息;然而我也少见有三条以上的腿的。仆人的椅子之发生这种传染性跛疾,据哲学家说是由于两个原因,即造成邦国的最大革命者:我是指恋爱与战争。一条凳,一把椅子,或一张桌子,在总攻击或小战的时候,每被拿来当作兵器;和平以后,椅子——倘若不是十分结实——在恋爱行为中又容易受损,因为厨娘大抵肥重,而司酒的又总是有点醉了。"

这一段讽刺的意义十分明白,虽然对我们国情并不甚合。我们国里仆人们坐的凳子,固然有只有三条腿的,可是在三条以上的也甚多。一把普通的椅子最多也不过四条腿,主仆之分在这上面究竟找不出多大距离,我觉得惨的是,仆人大概永远像莎士比亚《暴风雨》中的那个卡力班,又蠢笨,又狡猾,又怯懦,又大胆,又服从,又反抗,又不知足,又安天命,陷入极端的矛盾。这过错多半不在仆人方面。如果世界上的人,半是主人半是仆,这一伦的关系之需要调整是不待言的了。

狗

我初到重庆，住在一间湫溢的小室里，窗外还有三两棵肥硕的芭蕉，屋里益发显得阴森森的，每逢夜雨，凄惨欲绝。但凄凉中毕竟有些诗意，旅中得此，尚复何求？我所最感苦恼的乃是房门外的那一只狗。

我的房门外是一间穿堂，亦即房东一家老小用膳之地，餐桌底下永远卧着一只脑满肠肥的大狗。主人从来没有扫过地，每餐的残羹剩饭，骨屑稀粥，以及小儿便溺，全都在地上星罗棋布着，由那只大狗来舔得一干二净。如果有生人走进，狗便不免有所误会，以为是要和他争食，于是声色俱厉的猛扑过去。在这一家里，狗完全担负了"洒扫应对"的责任。

"君子有三畏"，狺犬其一也。我知道性命并无危险，但是每次出来进去总要经过他的防线，言语不通，思想亦异，每次都要引起摩擦，酿成冲突，日久之后真觉厌烦之至。其间曾经谋求种种对策，一度投以饵饼，期收绥靖之效，不料饵饼尚未啖完，乘我返身开锁之际，无警告的向我的腿部偷袭过来，又一度改取"进攻乃最好之防御"的方法，转取主动，见头打头，见尾打尾，虽无挫衄，然积小胜终不能成大胜，且转战之余，血脉偾张，亦大失体统。因此外出即怵回家，回到房里又不敢多饮茶。不过使我最难堪的还不是狗，而是他的主人的态度。

狗从桌底下向我扑过来的时候，如果主人在场，我心里是存着一种奢望的：我觉得狗虽然也是高等动物，脊椎动物哺乳类，然而，究竟，至少在外形上，主人和我是属于较近似的一

类,我希望他给我一些援助或同情。但是我错了,主客异势,亲疏有别,主人和狗站在同一立场。我并不是说主人也帮着狗猖猖然来对付我,他们尚不至于这样的合群。我是说主人对我并不解救,看着我的狼狈而哄然噱笑,泛起一种得意之色,面带着笑容对狗嗔骂几声:"小花!你昏了?连×先生你都不认识了!"骂的是狗,用的是让我所能听懂的语言。那弦外之音是:"我已尽了管束之责了,你如果被狗吃掉莫要怪我。"然后他就像是在罗马剧场里看基督徒被猛兽扑食似的作壁上观。俗语说:"打狗看主人",我觉得不看主人还好,看了主人我倒要狠狠的再打狗几棍。

后来我疏散下乡,遂脱离了这恶犬之家,听说继续住那间房的是一位军人,他也遭遇了狗的同样的待遇,也遭遇了狗的主人的同样的待遇,但是他比我有办法,他拔出枪来把狗当场格毙了,我于称快之余,想起那位主人的悲怆,又不能不付予同情了。特别是,残茶剩饭丢在地下无人舔,主人势必躬亲洒扫,其凄凉是可想而知的。

在乡下不是没有犬厄。没有背景的野犬是容易应付的,除了菜花黄时的疯犬不计外,普通的野犬都是些不修边幅的夹尾巴的可怜的东西,就是汪汪的叫起来也是有气无力的,不像人家豢养的狗那样振振有词自成系统。有些人家在门口挂着牌示"内有恶犬",我觉得这比门里埋伏恶犬的人家要忠厚得多。我遇见过埋伏,往往猝不及防,惊惶大呼,主人闻声搴帘而出,嫣然而笑,肃客入座。从容相告狗在最近咬伤了多少人。这是一种有效的安慰,因为我之未及于难是比较可庆幸的事了。但是我终不明白,他为什么不索兴养一只虎?来一个吃一个,来两个吃一双,岂不是更为体面么?

这道理我终于明白了。雅舍无围墙,而盗风炽,于是添置了一只狗。一日邮差贸贸然来,狗大咆哮,邮差且战且走,蹒跚而逸,主人抚掌大笑。我顿有所悟。别人的狼狈永远是一件可笑的事,被狗所困的人是和踏在香蕉皮上面跌交的人同样的可笑。养狗的目的就要他咬人,至少作吃人状。这就是等于养鸡是为要它生蛋一样,假如一只狗像一只猫一样,整天晒太阳睡觉,客人来便咪咪叫两声,然后逡巡而去,我想不但主人惭愧,客人也要惊讶。所以狗咬客人,在主人方面认为狗是克尽厥职,表面上尽管对客抱歉,内心里是有一种愉快,觉得我的这只狗并非是挂名差事,它守在岗位上发挥了作用。所以对狗一面呵责,一面也还要嘉勉。因此脸上才泛出那一层得意之色。还有衣裳楚楚的人,狗是不大咬的,这在主人也不能不有"先获我心"之感。所可遗憾者,有些主人并不以衣裳取人,亦并不以衣裳废人,而这种道理无法通知门上,有时不免要慢待佳宾。不过就大体论,狗的眼力总是和他的主人差了不多少。所以,有这样多的人家都养狗。

鸟

我爱鸟。

从前我常见提笼架鸟的人,清早在街上溜达(现在这样有闲的人少了)。我感觉兴味的不是那人的悠闲,却是那鸟的苦闷。胳膊上架着的鹰,有时头上蒙着一块皮子,羽翮不整的蜷伏着不动,哪里有半点瞵视昂藏的神气?笼子里的鸟更不用说,常年的关在栅栏里,饮啄倒是方便,冬天还有遮风的棉罩,十分的"优待",但是如果想要"抟扶摇而直上",便要撞头碰壁。鸟到了这种地步,我想它的苦闷,大概是仅次于粘在胶纸上的苍蝇,它的快乐,大概是仅优于在标本室里住着罢?

我开始欣赏鸟,是在四川。黎明时,窗外是一片鸟啭,不是吱吱喳喳的麻雀,不是呱呱噪啼的乌鸦,那一片声音是清脆的,是嘹亮的,有的一声长叫,包括着六七个音阶,有的只是一个声音,圆润而不觉其单调,有时是独奏,有时是合唱,简直是一派和谐的交响乐,不知有多少个春天的早晨,这样的鸟声把我从梦境唤起。等到旭日高升,市声鼎沸,鸟就沉默了,不知到哪里去了。一直等到夜晚,才又听到杜鹃叫,由远叫到近,由近叫到远,一声急似一声,竟是凄绝的哀乐。客夜闻此,说不出的酸楚!

在白昼,听不到鸟鸣,但是看得见鸟的形体。世界上的生物,没有比鸟更俊俏的。多少样不知名的小鸟,在枝头跳跃,有的曳着长长的尾巴,有的翘着尖尖的长喙,有的是胸襟上带着一块照眼的颜色,有的是飞起来的时候才闪露一下斑斓的

中国 20 世纪名家散文经典

花彩。几乎没有例外的,鸟的身躯都是玲珑饱满的,细瘦而不干瘪,丰腴而不臃肿,真是减一分则太瘦,增一分则太肥那样的秾纤合度,跳荡得那样轻灵,脚上像是有弹簧。看它高踞枝头,临风顾盼——好锐利的喜悦刺上我的心头。不知是什么东西惊动它了,它倏地振翅飞去,它不回顾,它不悲哀,它像虹似的一下就消逝了,它留下的是无限的迷惘。有时候稻田里伫立着一只白鹭,拳着一条腿,缩着颈子,有时候"一行白鹭上青天",背后还衬着黛青的山色和釉绿的梯田。就是抓小鸡的鸢鹰,啾啾的叫着,在天空盘旋,也有令人喜悦的一种雄姿。

　　我爱鸟的声音鸟的形体,这爱好是很单纯的,我对鸟并不存任何幻想。有人初闻杜鹃,兴奋的一夜不能睡,一时想到"杜宇"、"望帝",一时又想到啼血,想到客愁,觉得有无限诗意。我曾告诉他事实上全不是这样的。杜鹃原是很健壮的一种鸟,比一般的鸟魁梧得多,扁嘴大口,并不特别美,而且自己不知构巢,依仗体壮力大,硬把卵下在别个的巢里,如果巢里已有了够多的卵,便不客气的给挤落下来,孵育的责任由别个代负了,孵出来之后,羽毛渐丰,就可把巢据为己有。那人听了我的话之后,对于这豪横无情的鸟,再也不能幻出什么诗意出来了。我想济慈的《夜莺》,雪莱的《云雀》,还不都是诗人自我的幻想。与鸟何干?

　　鸟并不永久的给人喜悦,有时也给人悲苦。诗人哈代在一首诗里说,他在圣诞的前夕,炉里燃着熊熊的火,满室生春,桌上摆着丰盛的筵席,准备着过一个普天同庆的夜晚,蓦然看见在窗外一片美丽的雪景当中,有一只小鸟踽踽缩缩的在寒枝的梢头踞立,正在啄食一颗残余的僵冻的果儿,禁不住那料峭的寒风,栽倒地上死了,滚成一个雪团!诗人感喟曰:"鸟!你连这一个快乐的夜晚都不给我!"我也有过一次类似经验,在东北的一间双重玻璃窗的屋里,忽然看见枝头有一只麻雀,战栗的跳动抖擞着,在啄食一块干枯的叶子。但是我发现那麻雀的羽毛特别的长,而且是蓬松戟张着,像是披着一件蓑衣,立刻使人联想到那垃圾堆上的大群褴褛而臃肿的人,那形容是一模一样的。那孤苦伶仃的麻雀,也就不暇令人哀了。

　　自从离开四川以后,不再容易看见那样多型类的鸟的跳荡,也不再容易听到那样悦耳的鸟鸣。只是清早遇到烟突冒烟的时候,一群麻雀挤在檐下的烟突旁边取暖,隔着窗纸有时还能看见伏在窗棂上的雀儿的映影。喜鹊不知逃到哪里去了。带哨子的鸽子也很少看见在天空打旋。黄昏时偶尔还听见寒鸦在古木上鼓噪,入夜也还能听见那像哭又像笑的鸱枭的怪叫。再令人触目的就是那些偶然一见的囚在笼里的小鸟儿了,但是我不忍看。

中国20世纪名家散文经典

猪

猪没有什么模样儿,笨拙臃肿,漆黑一团,四川猪是白的,但是也并不俊俏,像是遍体白癫疯,像是"天佬儿",好像还没有黑色来得比较可以遮丑。俗话说:"三年不见女人,看见一只老母猪,也觉得它眉清目秀。"一般人似尚不至如此,老母猪离眉清目秀的境界似乎尚远。只看看它那个嘴巴尽管有些近于帝王之相,究竟占面部面积过多,作为武器固未尝不可,作为五官之一就嫌不称。它那两扇鼓动生风的耳轮,细细的两根脚杆,辫子似的一条尾巴,陷在肉坑里的一对小眼,和那快擦着地的膨亨大腹,相形之下,全不成比例。当然,如果它能竖起来行走,大腹便便也并不妨事,脑满肠肥的一副相说不定还许能赢得许多人的尊敬,脸上的肉叠成褶,也许还能讨若干人的欢喜。可惜它只能四脚着地,辜负了那一身肉。只好说之曰猪猡。

任何事物不可以貌相。并且相貌的丑俊也不是自己所能主宰的。上天造物是有那么多的变化,有蠢的,有俏的。可憎的是猪儿除了那不招人爱的模样之外,它的举止动作也全没有一点风度。它好睡,睡无睡相,人讲究"坐如钟,睡如弓。"猪不足以语此,它睡起来是四脚直挺,倒头便睡,而且很快的就鼾声雷动,那鼾声是咯咯噜苏的,很少悦耳的成分。一经睡着,天大的事休想能惊醒它,打它一棒它能翻过身再睡,除非是一桶猪食哗啦一声倒在食槽里。这时节它会连爬带滚的争先恐后的奔向食槽,随吃随挤,随咽随唑,嚼菜根则嘎嘎作响,

吸豆渣则呼呼有声,吃得嘴脸狼藉,可以说没有一点"新生活"。动物的叫声无论是哀也好,凶也好,没有像猪叫那样的讨厌的,平常没有事的时候只会在嗓子眼儿里呦呦嚅嚅,没有一点痛快,等到大限将至被人揪住耳朵提着尾巴的时候,便放声大叫,既不惹人怜,更不使人怕,只是使人听了刺耳。它走路的时候,踯躅蹒跚,活泼的时候,盲目的乱窜,没有一点规矩。

　　虽然如此,猪的人缘还是很好,我在乡间居住的时候,女佣不断的要求养猪,她常年茹素,并不希冀吃肉,更不希冀赚钱,她只是觉得家里没有几只猪儿便不像是个家,虽然有了猫狗和孩子还是不够。我终于买了两只小猪。她立刻眉开眼笑,于抚抱之余给了小猪我所梦想不到的一个字的评语曰:"乖!"孟子曰:"食而弗爱,豕交之也;爱而不敬,兽畜之也。"我看我们的女佣在喂猪的时候是兼爱敬而有之。她根据"食不厌精脍不厌细"的道理对于猪食是细切久煮,敬谨用事的,一日三餐,从不误时,伺候猪食之后倒是没有忘记过给主人作饭。天朗气清惠风和畅的时候她坐在屋檐下补袜子,一对小猪伏在她的腿上打磕睡。等到"架子"长成"催肥"的时候来到,她加倍努力的供应,像灌溉一株花草一般的小心翼翼,它越努力加餐,她越心里欢喜,她俯在圈栏上看着猪儿进膳,没有偏疼,没有愠意,一片慈祥。有一天,猪儿高卧不起,见了食物也无动于心,似有违和之意,她急得烧香焚纸,再进一步就是在猪耳根上放一点血,烧红一块铁在猪脚上烙一下,最后一着是一服万金油拌生鸡蛋。年关将届,她噙着眼泪烧一大锅开水,给猪洗第一次也是最后一次的热水澡。猪圈不能空着,紧接着下一代又继承了上来。

　　看猪的一生,好像很是无聊,大半时间都是被关在圈里,如待决之囚,足迹不出栅门,也不能接见亲属,而且很早的就被阉割,大欲就先去了一半,浑浑噩噩的度过一年,临了还不免冰凉的一刀。但是它也有它的庸福。它不用愁吃,到时候只消张来张口,它不用劳力,它有的是闲暇。除了它最后不得善终好像是不无遗憾以外,一生的经过比起任何养尊处优的高级动物也并无愧色。"闻其声不忍食其肉",是君子,但是我常以为猪叫的声音不容易动人的不忍之心。有一个时期,我的居处与屠场为邻,黎明就被惊醒,其鸣也不哀,随后是血流如注的声音,叫声顿止,继之以一声叹气,最后的一口气,再听便只有屋檐滴雨一般的沥血的声音,滴滴答答的落在桶里。我觉得猪经过这番洗礼,将超升成为一种有用的东西,无负于豢养它的人,是一件公道而可喜的事。

　　仓颉造字,天雨粟,鬼夜哭,虽是神话,也颇有一点意思。"家"字是屋子底下一只猪。屋子底下一个人,岂不简捷了当?难道猪才是家里主要的一员?有人说豕居引申而为人居,有人引曲礼"问庶人之富数畜以对"之义以为豕是主要的家畜。我养过几年猪之后,顿有所悟。猪在圈里的工作,主要

的是"吃、喝、拉、撒、睡",此外便没有什么。圈里是脏的,顶好的卫生设备也会弄得一塌糊涂。吃了睡,睡了吃,毫无顾忌,便当无比。这不活像一个家么?在什么地方"吃喝拉撒睡"比在家里更方便?人在家里的生活比在什么地方更像一只猪?仓颉泄露天机倒未必然,他洞彻人生,却是真的,怪不得天雨粟鬼夜哭。

客

"只有上帝和野兽才喜欢孤独。"上帝吾不得而知之,至于野兽,则据说成群结党者多,真正孤独者少。我们凡人,如果身心健全,大概没有不好客的。以欢喜幽独著名的 Thoureau 他在树林里也给来客安排得舒舒贴贴。我常幻想着"风雨故人来"的境界,在风飒飒雨霏霏的时候,心情枯寂百无聊赖,忽然有客款扉,把握言欢,莫逆于心,来客不必如何风雅,但至少第一不谈物价升降,第二不谈宦海浮沉,第三不劝我保险,第四不劝我信教,乘兴而来,兴尽即返,这真是人生一乐。但是我们为客所苦的时候也颇不少。

很少的人家有门房,更少的人家有拒人千里之外的阍者,门禁既不森严,来客当然无阻,所以私人居处,等于日夜开放。有时主人方在厕上,客人已经升堂入室,回避不及,应接无术,主人鞠躬如也,客人呆若木鸡。有时主人方在用饭,而高轩贲止,便不能不效周公之"一饭三吐哺",但是来客并无归心,只好等送客出门之后再补充些残羹剩饭,有时主人已经就枕,而不能不倒屣相迎。一天二十四小时之内,不知客人何时入侵,主动在客,防不胜防。

在西洋所谓客者是很希罕的东西。因为他们办公有办公的地点,娱乐有娱乐的场所,住家专作住家之用。我们的风俗稍为不同一些。办公打牌吃茶聊天都可以在人家的客厅里随时举行的。主人既不能在座位上遍置针毡,客人便常有如归之乐。从前官场习惯,有所谓端茶送客之说,主人觉得客人应

该告退的时候，便举起盖碗请茶，那时节一位训练有素的豪仆在旁一眼瞥见，便大叫一声"送客!"另有人把门帘高高打起，客人除了告辞之外，别无他法。可惜这种经济时间的良好习俗，今已不复存在，而且这种办法也只限于官场，如果我在我的小小客厅之内端起茶碗，由荆妻稚子在旁嘤然一声"送客"，我想客人会要疑心我一家都发疯了。

客人久坐不去，驱禳至为不易。如果你枯坐不语，他也许发表长篇独白，像个垃圾口袋一样，一碰就泄出一大堆，也许一根一根的纸烟不断的吸着，静听挂钟滴答滴答的响。如果你暗示你有事要走，他也许表示愿意陪你一道走。如果你问他有无其他的事情见教，他也许干脆告诉你来此只为闲聊天。如果你表示正在为了什么事情忙，他会劝你多休息一下。如果你一遍一遍的给他斟茶，他也许就一碗一碗的喝下去而连声说"主人别客气。"乡间迷信，恶客盘踞不去时，家人可在门后置一扫帚，用针频频刺之，客人便会觉得有刺股之痛，坐立不安而去。此法有人曾经实验，据云无效。

"茶，泡茶，泡好茶；坐，请坐，请上坐。"出家人犹如此势利，在家人更可想而知。但是为了常遭客灾的主人设想，茶与座二者常常因客而异，盖亦有说。凤好牛饮之客，自不便奉以"水仙"、"云雾"，而精研茶经之士，又断不肯尝试那"高末"、"茶砖"。茶卤加开水，浑浑满满一大盅，上面泛着白沫如啤酒，或漂着油彩如汽油，这固然令人恶心，但是如果名茶一盏，而客人并不欣赏，轻啜一口，盅缘上并不留下芬芳，留之无用，弃之可惜，这也是非常讨厌之事。所以客人常被分为若干流品，有能启用平凤主人自己舍不得饮用的好茶者，有能享受主人自己日常享受的中上茶者，有能大量取用茶卤冲开水者，饷以"玻璃"者是为未人流。至于座处，自以直入主人的书房绣闼者为上宾，因为屋内零星物件必定甚多，而主人略无防闲之意，于亲密之中尚含有若干敬意，作客至此，毫无遗憾；次焉者廊前檐下随处接见，所谓班荆道故，了无痕迹；最下者则肃人客厅，屋内只有桌椅板凳，别无长物，主人着长袍而出，寒暄就座，主客均客气之至。在厨房后门伫立而谈者是为未入流。我想此种差别待遇，是无可如何之事，我不相信孟尝门客三千而待遇平等。

人是永远不知足的。无客时嫌岑寂，有客时嫌烦嚣，客走后扫地抹桌又另有一番冷落空虚之感，问题的症结全在於客的素质，如果素质好，则未来时想他来，既来了想他不走，既走想他再来。如果素质不好，未来时怕他来，既来了怕他不走，既走怕他再来。虽说物以类聚，但不速之客甚难预防。"夜半待客客不至，闲敲棋子落灯花"。那种境界我觉得最足令人低徊。

中国20世纪名家散文经典

握手

握手之事,古已有之,后汉书"马援与公孙述少同里闬相善,以为既至常握手,如平生欢"。但是现下通行的握手,并非古礼,既无明文规定,亦无此种习俗。大概还是剃了小辫以后的事,我们不能说马援和公孙述握手过便认为是过去有此礼节的明证。

西装革履我们都可以忍受,简便易行而且惠而不费的握手我们当然无需反对。不过有几种人,若和他握手,会感觉痛苦。

第一是作大官或自以为作大官者,那只手不好握。他常常挺着胸膛,伸出一只巨灵之掌,两眼望青天,等你趁上去握的时候,他的手仍是直僵的伸着,他并不握,他等着你来握。你事前不知道他是如此爱惜气力,所以不免要热心的迎上去握,结果是孤掌难鸣,冷涔涔的讨一场没趣。而且你还要及早罢手,赶快撒手,因为这时候他的身体已转向另一个人去,他预备把那巨灵之掌给另一个人去握——不是握,是摸。对付这样的人只有一个办法,便是,你也伸出一只巨灵之掌,你也别握,和他作"打花巴掌"状,看谁先握谁!

另一种人过犹不及。他握着你的四根手指,恶狠狠的一挤,使你痛彻肺腑,如果没有寒暄笑语偕以俱来,你会误以为他是要和你角力。此种人通常有耐久力,你入了他的掌握,休想逃脱出来。如果你和他很有交情,久别重逢,情不自禁,你的关节虽然痛些,我相信你会原谅他的。不过通常握手用力最大者,往往交情最浅。他是要在向你使压力的时候使你发生一种错觉,以为此人待我特善。其实他是握了谁的手都是一样卖力的。如果此人曾在某机关作过干事之类,必能一面握手,一面在你的肩头重重的拍一下子,"哈喽,哈喽,怎样好?"

单就握手时的触觉而论,大概愉快时也就不多。春笋般的纤纤玉指,世上本来少有,更难得一握,我们常握的倒是些冬笋或笋干之类,虽然上面更常有蔻丹的点缀,干倒还不如熊掌。狄更斯的《大卫科波菲尔》里的乌利亚,他的手也是令人不能忘的,永远是湿津津的冷冰冰的,握上去像是五条鳝鱼。手脏一点无妨,因为握前无暇检验,唯独带液体的手不好握,因为事后不便即揩,事前更不便先给他揩。

"有一桩事,男人站着作,女人坐着作,狗翘起一条腿儿作。"这桩事是——是握手。和狗行握手礼,我尚无经验,不知狗爪是肥是瘦,亦不知狗爪是松是紧,姑置不论。男女握手之法不同。女人握手无需起身,亦无需脱手套,殊失平等之旨,尚未闻妇女运动者倡议纠正。在外国,女人伸出手来,男人照例只握手尖,约一英寸至二英寸,稍握即罢,这一点在我们中国好像禁忌少些,时间空间的限制都不甚严。

朋友相见,握手言欢,本是很自然的事,有甚于握手者,亦未曾不可,只要双方同意,与人无涉。唯独大庭广众之下,宾客环坐,握手势必普遍举行,面目可憎者,语音无味者,想饱以老掌尚不足以泄忿者,都要一一亲炙,皮肉相接在这种情形之下握手,我觉得是一种刑罚。

《哈姆雷特》中波娄尼阿斯诫其子曰:"不要为了应酬每一个新交而磨粗了你的手掌。"我们是要爱惜我们的手掌。

书房

书房,多么典雅的一个名词!很容易令人联想到一个书香人家。书香是与铜臭相对的。其实书未必香,铜亦未必臭。周彝商鼎,古色斑斓,终日摩挲亦不觉其臭,铸成钱币才沾染市侩味,可是不复流通的布泉刀错又常为高人赏玩之资。书之所以为香,大概是指松烟油墨印上了毛边连史,从不大通风的书房里散发出来的那一股怪味,不是桂馥兰薰,也不是霉烂馊臭,是一股混合的难以形容的怪味。这种怪味只有书房里才有,而只有士大夫人家才有书房。书香人家之得名大概是以此。

寒窗之下苦读的学子多半是没有书房,囊萤凿壁的就更不用说。所以对于寒苦的读书人,书房是可望而不可即的豪华神仙世界。伊士珍《琅嬛记》:"张华游于洞宫,遇一人引至一处,别是天地,每室各有奇书,华历观诸室书,皆汉以前事,多所未闻者,问其地,曰:'琅嬛福地也。'"这是一位读书人希求冥想一个理想的读书之所,乃托之于神仙梦境。其实除了赤贫的人饔飧不继谈不到书房外,一般的读书人,如果肯要一个书房,还是可以好好布置出一个来的。有人分出一间房子养来亨鸡,也有人分出一间房子养狗,就是匀不出一间作书房。我还见过一位富有的知识分子,他不但没有书房,也没有书桌,我亲见他的公子趴在地板上读书,他的女公子用一块木板在沙发上写字。

一个正常的良好的人家,每个孩子应该拥有一个书桌,主人应该拥有一间书房。书房的用途是庋藏图书并可读书写作于其间，不是用以公开展览藉以骄人的。"丈夫拥有万卷书，何假南面百城！"这种话好像是很潇洒而狂傲，其实是心尚未安无可奈何的解嘲语，徒见其不丈夫。书房不在大，亦不在设备佳，适合自己的需要便是。局促在几尺宽的走廊一角，只要放得下一张书桌，依然可以作为一个读书写作的工厂，大量出货。光线要好，空气要流通，红袖添香是不必要的，既没有香，"素腕举，红袖长"反倒会令人心有别注。书房的大小好坏，和一个读书写作的成绩之多少高低，往往不成正比例。有好多著名作品是在监狱里写的。

我看见过的考究的书房当推宋春舫先生的褐木庐为第一，在青岛的一个小小的山头上，这书房并不与其寓邸相连，是单独的一栋。环境清幽，只有鸟语花香，没有尘嚣市扰。《太平清话》："李德茂环积坟籍，名曰书城。"我想那书城未必能和褐木庐相比。在这里，所有的图书都是放在玻璃柜里，柜比人高，但不及栋。我记得藏书是以法文戏剧为主。所有的书都是精装，不全是buckram（胶硬粗布），有些是真的小牛皮装订（half calf, ooze calf, etc），烫金的字在书脊上排着队闪闪发亮。也许这已经超过了书房的标准，微近于藏书楼的性质，因为他还有一册精印的书目，普通的读书人谁也不会把他书房里的图书编目。

周作人先生在北平八道湾的书房，原名苦雨斋，后改为苦茶庵，不离苦的味道。小小的一幅横额是沈尹默写的。是北平式的平房，书房占据了里院上房三间，两明一暗。里面一间是知堂老人读书写作之处，偶然也延客品茗，几净窗明，一尘不染。书桌上文房四宝井然有致。外面两间像是书库，约有十个八个书架立在中间，图书中西兼备，日文书数量很大。真不明白苦茶庵的老和尚怎么会掉进了泥淖一辈子洗不清！

闻一多的书房，和"闻一多先生的书桌"一样，充实、有趣而乱。他的书全是中文书，而且几乎全是线装书。在青岛的时候，他仿效青岛大学图书馆庋藏中文图书的办法，给成套的中文书装制蓝布面，用白粉写上宋体字的书名，直立在书架上。这样的装备应该是很整齐可观，但是主人要作考证，东一部西一部的图书便要从书架上取下来参加獭祭的行列了，其结果是短榻上、地板上，唯一的一把木根雕制的太师椅上，全都是书。那把太师椅玲珑邦硬，可以入画，不宜坐人，其实亦不宜于堆书，却是他书斋中最惹眼的一个点缀。

潘光旦在清华南院的书房另有一种情趣。他是以优生学专家的素养来从事我国谱牒学研究的学者，他的书房收藏这类图书极富。他喜欢用书护，那就是用两块木板将一套书夹起来，立在书架上。他在每套书系上一根竹制的书签，签上写着书名。这种书签实在很别致，不知杜工部《将赴草堂途

中有作》所谓"书签药里封尘网"的书签是否即系此物。光旦一直在北平,晚年丧偶,又复失明,想来他书房中那些书签早已封尘网了!

　　汗牛充栋,未必是福。丧乱之中,牛将安觅?多少爱书的人士都把他们苦心聚集的图书抛弃了,而且再也鼓不起勇气重建一个像样的书房。藏书而充栋,确有其必要,例如从前我家有一部小字本的图书集成,摆满上与梁齐的靠在整垛山墙的书架,取上层的书须用梯子,爬上爬下很不方便,可以充栋的书架有时仍是不可少。我来台湾后,一时兴起,兴建了一个连在墙上的大书架,邻居绸缎商来参观,叹曰:"造这样大的木架有什么用,给我摆列绸缎尺头倒还合用。"他的话是不错的,书不能令人致富。书还给人带来麻烦,能像郝隆那样七月七日在太阳底下晒肚子就好,否则不堪衣食之扰,真不如尽量的把图书塞入腹笥,晒起来方便,运起来也方便。如果图书都能作成"显微胶片"纳入腹中,或者放映在脑子里,则书房就成为不必要的了。

下棋

有一种人我最不喜欢和他下棋,那便是太有涵养的人。杀死他一大块,或是抽了他一个车,他神色自若,不动火,不生气,好像是无关痛痒,使你觉得索然寡味。君子无所争,下棋却是要争的。当你给对方一个严重威胁的时候,对方的头上青筋暴露,黄豆般的汗珠一颗颗的在额上陈列出来,或哭丧着脸作惨笑,或咕嘟着嘴作吃屎状,或抓耳挠腮,或大叫一声,或长吁短叹,或自怨自艾口中念念有词,或一串串的噎嗝打个不休,或红头涨脸如关公,种种现象,不一而足,这时节你"行有余力"便可以点起一支烟,或啜一碗茶,静静的欣赏对方的苦闷的象征。我想猎人困逐一只野兔的时候,其愉快大概略相仿佛。因此我悟出一点道理,和人下棋的时候,如果有机会使对方受窘,当然无所不用其极,如果被对方所窘,便努力作出不介意状,因为既然不能积极的给对方以苦痛,只好消极的减少对方的乐趣。

自古博弈并称,全是属于赌的一类,而且只是比"饱食终日无所用心"略胜一筹而已。不过弈虽小术,亦可以观人,相传有慢性人,见对方走当头炮,便左思右想,不知是跳左边的马好,还是跳右边的马好,想了半个钟头而迟迟不决,急得对方只好拱手认输。是有这样的慢性人,每一着都要考虑,而且是加慢的考虑,我常想这种人如加入龟兔竞赛,也必定可以获胜。也有性急的人,下棋如赛跑,噼噼啪啪,草草了事,这仍就是饱食终日无所用心的一贯作风。下棋不能无争,争的范围

有大有小,有斤斤计较而因小失大者,有不拘小节而眼观全局者,有短兵相接作生死斗者,有各自为战而旗鼓相当者,有赶尽杀绝一步不让者,有好勇斗狠同归于尽者,有一面下棋一面诮骂者,但最不幸的是争的范围超出了棋盘,而拳足交加。有下象棋者,久而无声音,排闼视之,阒不见人,原来他们是在门后角里扭作一团,一个人骑在另一个人的身上,在他的口里挖车呢。被挖者不敢出声,出声则口张,口张则车被挖回,挖回则必悔棋,悔棋则不得胜,这种认真的态度憨得可爱。我曾见过二人手谈,起先是坐着,神情潇洒,望之如神仙中人,俄而棋势吃紧,两人都站起来了,剑拔弩张,如斗鹌鹑,最后到了生死关头,两个人跳到桌上去了!

笠翁《闲情偶寄》说弈棋不如观棋,因观者无得失心,观棋是有趣的事,如看斗牛、斗鸡、斗蟋蟀一般,但是观棋也有难过处,观棋不语是一种痛苦。喉间硬是痒得出奇,思一吐为快。看见一个人要入陷阱而不作声是几乎不可能的事,如果说得中肯,其中一个人要厌恨你,暗暗的骂你一声"多嘴驴!"另一个人也不感激你,心想"难道我还不晓得这样走!"如果说得不中肯,两个人要一齐嗤之以鼻,"无见识奴!"如果根本不说,憋在心里,受病。所以有人于挨了一个耳光之后还要抚着热辣辣的嘴巴大呼"要抽车,要抽车!"

下棋只是为了消遣,其所以能使这样多人嗜此不疲者,是因为它颇合于人类好斗的本能,这是一种"斗智不斗力"的游戏。所以瓜棚豆架之下,与世无争的村夫野老不免一枰相对,消此永昼;闹市茶寮之中,常有有闲阶级的人士下棋消遣,"不为无益之事,何以遣此有涯之生?"宦海里翻过身最后退隐东山的大人先生们,髀肉复生,而英雄无用武之地,也只好闲来对弈,了此残生,下棋全是"剩余精力"的发泄。人总是要斗的,总是要钩心斗角的和人争逐的。与其和人争权夺利,还不如在棋盘上多占儿个官,与其招摇撞骗,还不如在棋盘上抽上一车。宋人笔记曾载有一段故事:"李讷仆射,性卞急,酷好弈棋,每下子安详,极于宽缓,往往躁怒作,家人辈则密以弈具陈于前,讷睹,便忻然改容,以取其子布弄,都忘其恚矣。"(南部新书)。下棋,有没有这样陶冶性情之功,我不敢说,不过有人下起棋来确实是把性命都可置诸度外。我有两个朋友下棋,警报作,不动声色,俄而弹落,棋子被震得在盘上跳荡,屋瓦乱飞,其中一位棋瘾较小者变色而起,被对方一把拉住:"你走!那就算是你输了。"此公深得棋中之趣。

写字

  在从前,写字是一件大事,在"念背打"教育体系当中占一个很重要的位置,从描红模子的横平竖直,到写墨卷的黑大圆光,中间不知有多大艰苦。记得小时候写字,老师冷不防的从你脑后把你的毛笔抽走,弄得你一手掌的墨,这证明你执笔不坚,是要受惩罚的。这样恶作剧还不够,有的在笔管上套大铜钱,一个、两个,乃至三四个,摇动笔管只觉头重脚轻,这原理是和国术家腿上绑沙袋差不多,一旦解开重负便会身轻似燕,极尽飞檐走壁之能事,如果练字的时候笔管上驮着好几两重的金属,一旦握起不加附件的竹管,当然会龙飞蛇舞,得心应手了。写一寸径的大字,也有人主张用悬腕法,甚至悬肘法,写字如站桩,挺起腰板,咬紧牙关,正襟危坐,道貌岸然,在这种姿态中写出来的字,据说是能力透纸背。现代的人无需受这种折磨。"科举"已经废除了,只会写几个"行"、"阅"、"如拟"、"照办",便可为官。自来水笔代替了毛笔,横行左行也可以应酬问世,写字一道,渐渐的要变成"国粹"了。

  当作一种艺术看,中国书法是很独特的。因为字是艺术,所以什么"永字八法"之类的说数,其效用也就和"新诗作法"、"小说作法"相差不多,绳墨当然是可以教的,而巧妙各有不同,关键在於个人。写字最容易泄露一个人的个性,所谓"字如其人"大抵不诬。如果每个字都方方正正,其人大概拘谨,如果伸胳膊拉腿的都逸出格外,其人必定豪放,字瘦如柴,其人必如排骨,字如墨猪,其人必近于"五百斤油"。所以郑板桥

的字,就应该是那样的倾斜古怪,才和他那吃狗肉傲公卿的气概相称,颜鲁公的字就应该是那样的端庄凝重,才和他的临难不苟的品格相合,其间无丝毫勉强。

在"文字国"里,需要写字的地方特别多,擘窠大字至蝇头小楷,都有用途。可惜的是,写字的人往往不能用其所长,且常用错了地方。譬如,凿石摹壁的大字,如果不能使山川生色,就不如给当铺酱园写写招牌,至不济也可以给煤栈写"南山高煤"。有些人的字不宜在壁上题诗,改写春联或"抬头见喜"就合适得多。有的人写字技术非常娴熟,在茶壶盖上写"一片冰心"是可以胜任的,却偏爱给人题跋字画。中堂条幅对联,其实是人人都可以写的,不过悬挂的地点应该有个分别,有的宜于挂在书斋客堂,有的宜于挂在饭铺理发馆,求其环境配合,气味相投,如是而已。

"善书者不择笔",此说未必尽然,秃笔写铁线篆,未尝不可,临赵孟頫《心经》就有困难。字写得坚挺俊俏,所用大概是尖毫。笔墨纸砚,对于字的影响是不可限量的。有时候写字的人除了工具之外还讲究一点特殊的技巧,最妙者无过于某公之一笔虎,八尺的宣纸,布满了一个虎字,气势磅礴,一气呵成,尤其是那一直竖,顶天立地的笔直一根杉木似的,煞是吓人。据说,这是有特别办法的,法用马弁一名,牵着纸端,在写到那一竖的时候把笔顿好,喊一声"拉",马弁牵着纸就往后扯,笔直的一竖自然完成。

写字的人有瘾,瘾大了就非要替人写字不可,看着人家的白扇面,就觉得上面缺点什么,至少也应该有"精气神"三个字。相传有人爱写字,尤其是爱写扇子,后来腿坏,以至无扇可写;人问其故,原来是大家见了他就跑,他追赶不上了。如果字真写到好处,当然不需腿健,但写字的人究竟是腿健者居多。

麻将

我的家庭守旧，绝对禁赌，根本没有麻将牌。从小不知麻将为何物。除夕到上元开赌禁，以掷骰子状元红为限，下注三十几个铜板，每次不超过一二小时。有一次我斗胆问起，麻将怎个打法。家君正色曰："打麻将吗？到八大胡同去！"吓得我再也不敢提起麻将二字。心里留下一个并不正确的印象，以为麻将与八大胡同有什么密切关联。

后来出国留学，在轮船的娱乐室内看见有几位同学作方城戏，才大开眼界，觉得那一百三十六张骨牌倒是很好玩的。有人热心指点，我也没学会。这时候麻将在美国盛行，很多美国人家里都备有一副，虽然附有说明书，一般人还是不易得其门而入。我们有一位同学在纽约居然以教人打牌为副业，电话召之即去，收入颇丰，每小时一元。但是为大家所不齿，认为他不务正业，贻士林。

科罗拉多大学有两位教授，姊妹俩，老处女，请我和闻一多到她们家里晚餐，饭后摆出了麻将，作为余兴。在这一方面我和一多都是属于"四窍已通其三"的人物——一窍不通，当时大窘。两位教授不能了解中国人竟不会打麻将？当晚四个人临时参看说明书，随看随打，谁也没能规规矩矩的和下一把牌，窝窝囊囊的把一晚消磨掉了。以后再也没有成局。

麻将不过是一种游戏，玩玩有何不可？何况贤者不免。梁任公先生即是此中老手。我在清华念书的时候，就听说任公先生有一句名言："只有读书可以忘记打牌，只有打牌可以

忘记读书。"读书兴趣浓厚，可以废寝忘食，还有功夫打牌？打牌兴亦不浅，上了牌桌全神贯注，焉能想到读书？二者的诱惑力、吸引力、有多么大，可以想见。书读多了，没有什么害处，顶多变成不更事的书呆子，文弱书生。经常不断的十圈二十圈麻将打下去，那毛病可就大了。有任公先生的学问风操，可以打牌，我们没有他那样的学问风操，不得藉口。

胡适之先生也偶然喜欢摸几圈。有一年在上海，饭后潘光旦、罗隆基、饶子离和我，走到一品香开房间打牌。硬木桌上打牌，滑溜溜的，震天价响，有人认为痛快。我照例作壁上观。言明只打八圈，打到最后一圈已近尾声，局势十分紧张。胡先生坐庄，潘光旦坐对面，三副落地，吊单，显然是一副满贯的大牌。"扣他的牌，打荒算了。"胡先生摸到一张白板，地上已有两张白板。"难道他会吊孤张？"胡先生口中念念有词，犹豫不决。左右皆曰："生张不可打，否则和下来要包！"胡适先生自己的牌也是一把满贯的大牌，且早已听张，如果扣下这张白板，势必拆牌应付，于心不甘。犹豫了好一阵子，"冒一下险，试试看。"拍的一声把白板打了出去！"自古成功在尝试"，这一回却是"尝试成功自古无"了。潘光旦嘿嘿一笑，翻出底牌，吊的正是白板。胡先生包了。身上现钱不够，开了一张支票，三十几元。那时候这不算是小数目。胡先生技艺不精，没得怨。

抗战期间，后方的人，忙的是忙得不可开交，闲的是闷得发慌。不知是谁诌了四句俚词："一个中国人，闷得发慌。两个中国人，就好商量。三个中国人，作不成事。四个中国人，麻将一场。"四个人凑在一起，天造地设，不打麻将怎么办？雅舍也备有麻将，只是备不时之需。有一回有客自重庆来，第二天就回去，要求在雅舍止宿一夜。我们没有招待客人住宿的设备，颇有难色，客人建议打个通宵麻将。在三缺一的情形下，第四者若是坚不下场，人家都认为是伤天害理的事。于是我也不得不凑一角。这一夜打下来，天旋地转，我只剩得奄奄一息，誓言以后在任何情形之下，再也不肯作这种成仁取义的事。

麻将之中自有乐趣。贵在临机应变，出手迅速。同时要手挥五弦目送飞鸿，有如谈笑用兵。徐志摩就是一把好手，牌去如飞，不加思索。麻将就怕"长考"。一家长考，三家暴躁。以我所知，麻将一道要推太太小姐们最为擅长。在桌牌上我看见过真正春笋一般的玉指洗牌砌牌，灵巧无比（美国佬的粗笨大手砌牌需要一根大尺往前一推，否则牌就摆不直）。我也曾听说某一位太太有接连三天三夜不离开牌桌的纪录（虽然她最后崩溃以至于吃什么吐什么），男人们要上班，就无法和女性比。我认识的女性之中有一位特别长于麻将，经常午间起床，午后二时一切准备就绪，呼朋引类，麻将开场，一直打到夜深。雍容俯仰，满室生春。不仅是技压侪辈，赢多输少。我的朋友卢冀野是个倜傥不羁的名士,他和这位太太打过多次麻将,他说:"政府于各部会之外应再添设一个'俱乐部',其中设麻将司,司长一职非这位太太莫属矣。"甘拜下风的不只是他一个人。

路过广州,耳畔常闻噼噼啪啪的牌声,而且我在路边看见一辆停着的大卡车,上面也居然摆着一张八仙桌,四个人露天酣战,行人视若无睹。餐馆里打麻将,早已通行,更无论矣。在台湾,据说麻将之风仍然很盛。有中国人的地方就有麻将,有些地方的寓公寓婆亦不能免。麻将的诱惑力太大。王尔德说过:"除了诱惑之外,我什么都能抵抗。"

我不打麻将,并不妄以为自己志行高洁。我脑筋迟钝,跟不上别人反应的速度,影响到麻将的节奏。一赶快就出参差。我缺乏机智,自己的一副牌都常照顾不来,遑论揣度别人的底细,既不知己又不知彼,如何可以应付大局?打牌本是寻乐,往往是寻烦恼,又受气又受窘,干脆不如不打。费时误事的大道理就不必说了。有人说卫生麻将又有何妨?想想看,鸦片烟有没有卫生鸦片,海洛因有没有卫生海洛因?大凡卫生麻将,结果常是有碍卫生。起初输赢小,渐渐提升。起初是朋友,渐渐成赌友,一旦成为赌友,没有交情可言。我曾看见两位朋友,都是斯文中人,为了甲扣了乙一张牌,宁可自己不和而不让乙和,事后还扬扬得意,以牌示乙,乙大怒。甲说在牌桌上损人不利己的事是可以作的,话不投机,大打出手,人仰桌翻。我又记得另外一桌,庄家连和七把,依然手顺,把另外三家气得目瞪口呆面色如土,结果是勉强终局,不欢而散。赢家固然高兴,可是输家的脸看了未必好受。有了这些经验,看了牌局我就怕,坐壁上观也没兴趣。何况本来是个穷措大,"黑板上进来白板上出去"也未免太惨。

对于沉湎于此道中的朋友们,无论男女,我并不一概诅咒。其中至少有一部分可能是在生活上有什么隐痛,藉此忘忧,如同吸食鸦片一样久而上瘾,不易戒掉。其实要戒也很容易,把牌和筹码以及牌桌一起蠲除,洗手不干便是。

喝茶

我不善品茶,不通茶经,更不懂什么茶道,从无两腋之下习习生风的经验。但是,数十年来,喝过不少茶,北平的双窨、天津的大叶、西湖的龙井、六安的瓜片、四川的沱茶、云南的普洱、洞庭湖的君山茶、武夷山的岩茶,甚至不登大雅之堂的茶叶梗与满天星随壶净的高末儿,都尝试过。茶是我们中国人的饮料,口干解渴,唯茶是尚。茶字,形近于荼,声近于槚,来源甚古,流传海外,凡是有中国人的地方就有茶。人无贵贱,谁都有份,上焉者细啜名种,下焉者牛饮茶汤,甚至路边埂畔还有人奉茶。北人早起,路上相逢,辄问讯"喝茶未?"茶是开门七件事之一,乃人生必需品。

孩提时,屋里有一把大茶壶,坐在一个有棉衬垫的藤箱里,相当保温,要喝茶自己斟。我们用的是绿豆碗,这种碗大号的是饭碗,小号的是茶碗,作绿豆色,粗糙耐用,当然和宋瓷不能比,和江西瓷不能比,和洋瓷也不能比,可是有一股朴实厚重的风貌,现在这种碗早已绝迹,我很怀念。这种碗打破了不值几文钱,脑勺子上也不至于挨巴掌。银托白瓷小盖碗是祖父母专用的,我们看着并不羡慕。看那小小的一盏,两门就喝光,泡两三回就得换茶叶,多麻烦。如今盖碗很少见了,除非是到故宫博物院拜会蒋院长,他那大客厅里总是会端出盖碗茶敬客。再不就是在电视剧中也常看见有盖碗茶,可是演员一手执盖一手执碗缩着脖子啜茶那副狼狈相,令人发噱,因为他不知道喝盖碗茶应该是怎样的喝法。他平素自己喝茶大

概一直是用玻璃杯、保温杯之类。如今,我们此地见到的盖碗,多半是近年来本地制造的"万寿无疆"的那种样式,瓷厚了一些;日本制的盖碗,样式微有不同,总觉得有些怪怪的。近有人回大陆,顺便探视我的旧居,带来我三十多年前天天使用的一只瓷盖碗,原是十二套,只剩此一套了,碗沿还有一点磕损,睹此旧物,勾起往日的心情,不禁黯然。盖碗究竟是最好的茶具。

茶叶品种繁多,各有擅场。有友来自徽州,同学清华,徽州产茶胜地,但是他看到我用一撮茶叶放在壶里沏茶,表示惊讶,因为他只知道茶叶是烘干打包捆载上船沿江运到沪杭求售,剩下来的茶梗才是家人饮用之物。恰如北人所谓"卖席的睡凉炕"。我平素喝茶,不是香片就是龙井,多次到大栅栏东鸿记或西鸿记去买茶叶,在柜台前面一站,徒弟搬来凳子让坐,看伙计秤茶叶,分成若干小包,包得见棱见角,那份手艺只有药铺伙计可以媲美。茉莉花窨过的茶叶,临卖的时候再抓一把鲜茉莉花放在表面上,所以叫作双窨。于是茶店里经常是茶香花香,郁郁菲菲。父执有名玉贵者,旗人,精于饮馔,居恒以一半香片一半龙井混合沏之,有香片之浓馥,兼龙井之苦清。吾家效而行之,无不称善。茶以人名,乃径呼此茶为"玉贵",私家秘传,外人无由得知。

其实,清茶最为风雅。抗战前造访知堂老人于苦茶庵,主客相对总是有清茶一盂,淡淡的、涩涩的、绿绿的。我曾屡侍先君游西子湖,从不忘记品尝当地的龙井,不需要攀登南高峰风篁岭,近处平湖秋月就有上好的龙井茶,开水现冲,风味绝佳。茶后进藕粉一碗,四美具矣。正是"穿牖而来,夏日清风冬日日;卷帘相见,前山明月后山山"(骆成骧联)。有朋自六安来,贻我瓜片少许,叶大而绿,饮之有荒野的气息扑鼻。其中西瓜茶一种,真有西瓜风味,我曾过洞庭,舟泊岳阳楼下,购得君山茶一盒。沸水沏之,每片茶叶均如针状直立漂浮,良久始舒展下沉,味品清香不俗。

初来台湾,粗茶淡饭,颇想倾阮囊之所有在饮茶一端偶作豪华之享受。一日过某茶店,索上好龙井,店主将我上下打量,取八元一斤之茶叶以应,余示不满,乃更以十二元者奉上,余仍不满,店主勃然色变,厉声曰:"买东西,看货色,不能专以价钱定上下。提高价格,自欺欺人耳!先生奈何不察?"我爱其戆直。现在此茶店门庭若市,已成为业中之翘楚。此后我饮茶,但论品味,不问价钱。

茶之以浓酽胜者莫过于工夫茶。《潮嘉风月记》说工夫茶要细炭初沸连壶带碗泼浇,斟而细呷之,气味芳烈,较嚼梅花更为清绝。我没嚼过梅花,不过我旅居青岛时有一位潮州澄海朋友,每次聚饮酩酊,辄相偕走访一潮州帮巨商于其店肆。肆后有密室,烟具、茶具均极考究,小壶小盅有如玩具。更有娈婉卯童伺候煮茶、烧烟,因此经常饱吃工夫茶,诸如铁观音、大红袍,吃

了之后还携带几匣回家。不知是否故弄玄虚,谓炉火与茶具相距以七步为度,沸水之温度方合标准。举小盅而饮之,若饮罢径自返盅于盘,则主人不悦,须举盅至鼻头猛嗅两下。这茶最有解酒之功,如嚼橄榄,舌根微涩,数巡之后,好像是越喝越渴,欲罢不能。喝工夫茶,要有工夫,细呷细品,要有设备,要人服侍,如今乱糟糟的社会里谁有那么多的工夫?红泥小火炉哪里去找?伺候茶汤的人更无论矣。普洱茶,漆黑一团,据说也有绿色者,泡烹出来黑不溜秋,粤人喜之。在北平,我只在正阳楼看人吃烤肉,吃得口滑肚子膨亨不得动弹,才高呼堂倌泡普洱茶。四川的沱茶亦不恶,唯一般茶馆应市者非上品。台湾的乌龙,名震中外,大量生产,佳者不易得。处处标榜冻顶,事实上哪里有那么多的冻顶?

喝茶,喝好茶,往事如烟。提起喝茶的艺术,现在好像谈不到了,不提也罢。

饮酒

酒实在是妙。几杯落肚之后就会觉得飘飘然、醺醺然。平素道貌岸然的人,也会绽出笑脸;一向沉默寡言的人,也会议论风生。再灌下几杯之后,所有的苦闷烦恼全都忘了,酒酣耳热,只觉得意气飞扬,不可一世,若不及时制止,可就难免玉山颓欹,剔吐纵横,甚至撒疯骂座,以及种种的酒失酒过全部的呈现出来。莎士比亚的《暴风雨》里的卡力班,那个象征原始人的怪物,初尝酒味,觉得妙不可言,以为把酒给他喝的那个人是自天而降,以为酒是甘露琼浆,不是人间所有物。美洲印第安人初与白人接触,就是被酒所倾倒,往往不惜举土地界人以交换一些酒浆。印第安人的衰灭,至少一部分是由于他们的荒腆于酒。

我们中国人饮酒,历史久远。发明酒者,一说是仪狄,又说是杜康。仪狄夏朝人,杜康周朝人,相距很远,总之是无可稽考。也许制酿的原料不同、方法不同,所以仪狄的酒未必就是杜康的酒。尚书有"酒诰"之篇,谆谆以酒为戒,一再的说"祀兹酒"(停止这样的喝酒),"无彝酒"(勿常饮酒),想见古人饮酒早已相习成风,而且到了"大乱丧德"的地步。三代以上的事多不可考,不过从汉起就有酒榷之说,以后各代因之,都是课税以裕国帑,并没有寓禁于征的意思。酒很难禁绝,美国一九二○年起实施酒禁,雷厉风行,依然到处都有酒喝。当时笔者道出纽约,有一天友人邀我食于某中国餐馆,入门直趋后室,索五加皮,开怀畅饮。忽警察闯入,友人止予勿惊。这

位警察徐徐就座,解手枪,锵然置于桌上,索五加皮独酌,不久即伏案酣睡。一九三三年酒禁废,直如一场儿戏。民之所好,非政令所能强制。在我们中国,汉萧何造律:"三人以上无故群饮,罚金四两。"此律不曾彻底实行。事实上,酒楼妓馆处处笙歌,无时不飞觞醉月。文人雅士水边修禊,山上登高,一向离不开酒。名士风流,以为持螯把酒,便足了一生,甚至于酣饮无度,扬言"死便埋我",好像大量饮酒不是什么不很体面的事,真所谓"酗于酒德"。

对于酒,我有过多年的体验。第一次醉是在六岁的时候,侍先君饭于致美斋(北平煤市街路西)楼上雅座,窗外有一棵不知名的大叶树,随时簌簌作响。连喝几盅之后,微有醉意,先君禁我再喝,我一声不响站立在椅子上舀了一匙高汤,泼在他的一件两截衫上。随后我就倒在旁边的小木炕上呼呼大睡,回家之后才醒。我的父母都喜欢酒,所以我一直都有喝酒的机会。"酒有别肠,不必长大",语见《十国春秋》,意思是说酒量的大小与身体的大小不必成正比例,壮健者未必能饮,瘦小者也许能鲸吸。我小时候就是瘦弱如一根绿豆芽。酒量是可以慢慢磨练出来的,不过有其极限。我的酒量不大,我也没有亲见过一般人所艳称的那种所谓海量。古代传说"文王饮酒千钟,孔子百觚",王充《论衡·语增篇》就大加驳斥,他说:"文王之身如防风之君,孔子之体如长狄之人,乃能堪之。"且"文王孔子率礼之人也",何至于醉酗乱身?就我孤陋的见闻所及,无论是"青州从事"或"平原督邮",大抵白酒一斤或黄酒三五斤即足以令任何人头昏目眩黏牙倒齿。唯酒无量,以不及于乱为度,看各人自制力如何耳。不为酒困,便是高手。

酒不能解忧,只是令人在由兴奋到麻醉的过程中暂时忘怀一切。即刘伶所谓"无思无虑,其乐陶陶"。可是酒醒之后,所谓"忧心如醒",那份病酒的滋味很不好受,所付代价也不算小。我在青岛居住的时候,那地方背山面海,风景如绘,在很多人心目中是最理想的卜居之所,唯一缺憾是很少文化背景,没有古迹耐人寻味,也没有适当的娱乐。看山观海,久了也会腻烦,于是呼朋聚饮,三日一小饮,五日一大宴,豁拳行令,三十斤花雕一坛,一夕而罄。七名酒徒加上一位女史,正好八仙之数,乃自命为酒中八仙。有时且结伙远征,近则济南,远则南京、北京,不自谦抑,狂言"酒压胶济一带,拳打南北二京",高自期许,俨然豪气干云的样子。当时作践了身体,这笔账日后要算。一日,胡适之先生过青岛小憩,在宴席上看到八仙过海的盛况大吃一惊,急忙取出他太太给他的一个金戒指,上面镌有"戒"字,戴在手上,表示免战。过后不久,胡先生就写信给我说:"看你们喝酒的样子,就知道青岛不宜久居。还是到北京来吧!"我就到北京去了。现在回想当年酗酒,哪里算得是勇,真是狂。

酒能削弱人的自制力,所以有人酒后狂笑不置,也有人痛哭不已,更有

人口吐洋语滔滔不绝,也许会把平素不敢告人之事吐露一二,甚至把别人的隐私也当众抖露出来。最令人难堪的是强人饮酒,或单挑,或围剿,或投下井之石,千方万计要把别人灌醉,有人诉诸武力,捏着人家的鼻子灌酒!这也许是人类长久压抑下的一部分兽性之发泄,企图获取胜利的满足,比拿起石棒给人迎头一击要文明一些而已。那咄咄逼人的声嘶力竭的豁拳,在赢拳的时候,那一声拖长了的绝叫,也是表示内心的一种满足。在别处得不到满足,就让他们在聚饮的时候如愿以偿吧!只是这种闹饮,以在有隔音设备的房间里举行为宜,免得侵扰他人。

菜根谭所谓"花看半开,酒饮微醺"的趣味,才是最令人低徊的境界。

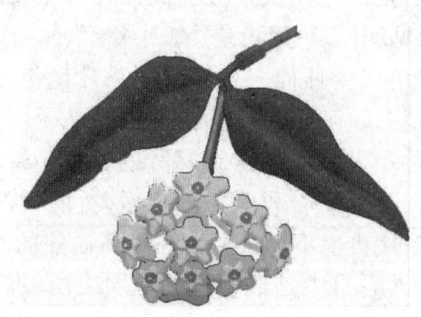

吸烟

烟,也就是菸,译音曰淡巴菰。这种毒草,原产於中南美洲,遍传世界各地。到明朝,才传进中土。利马窦在明万历年间以鼻烟入贡,后来鼻烟就风靡了朝野。在欧洲,鼻烟是放在精美的小盒里,随身携带。吸时,以指端蘸鼻烟少许,向鼻孔一抹,猛吸之,怡然自得。我幼时常见我祖父辈的朋友不时的在鼻孔处抹鼻烟,抹得鼻孔和上唇都染上焦黄的颜色。据说能明目祛疾,谁知道?我祖父不吸鼻烟,可是备有"十三太保",十二个小瓶环绕一个大瓶,瓶口紧包着一块黄褐色的布,各瓶品味不同,放在一个圆盘里,捧献在客人面前。我们中国人比欧人考究,随身携带鼻烟壶,玉的、翠的、玛瑙的、水晶的,精雕细镂,形状百出。有的山水图画是从透明的壶里面画的,真是鬼斧神工,不知是如何下笔的。壶有盖,盖下有小勺匙,以勺匙取鼻烟置一小玉垫上,然后用指端蘸而吸之。我家藏鼻烟壶数十,丧乱中只带出了一个翡翠盖的白玉壶,里面还存了小半壶鼻烟,百余年后,烈味未除,试嗅一小勺,立刻连打喷嚏不能止。

我祖父抽旱烟,一尺多长的烟管,翡翠的烟嘴,白铜的烟袋锅(烟袋锅子是塾师敲打学生脑壳的利器,有过经验的人不会忘记)。著名的关东烟的烟叶子贮在一个绣花的红缎子葫芦形的荷包里。有些旱烟管四五尺长,若要点燃烟袋锅子里的烟草,则人非长臂猿,相当吃力,一时无人伺候则只好自己划一根火柴插在烟袋锅里,然后急速掉过头来抽吸。普通的

旱烟管不那样长,那样长的不容易清洗。烟袋锅子里积的烟油,常用以塞进壁虎的嘴巴置之于死。

我祖母抽水烟。水烟袋仿自阿拉伯人的水烟筒(hookah),不过我们中国制造的白铜水烟袋,形状乖巧得多。每天需要上下抖动的冲洗,呱哒呱哒的响。有一种特制的烟丝,兰州产,比较柔软。用表心纸揉纸媒儿,常是动员大人孩子一齐动手,成为一种乐事。经常保持一两只水烟袋作敬客之用。我记得每逢家里有病人,延请名医周立桐来看病,这位飘着胡须的老者总是昂首登堂直就后炕的上座,这时候送上盖碗茶和水烟袋,老人拿起水烟袋,装上烟草,突的一声吹燃了纸媒儿,呼噜呼噜抽上三两口,然后抽出烟袋管,把里面烧过的烟烬吹落在他自己的手心里,再投入面前的痰盂,而且投得准。这一套手法干净利落。抽过三五袋之后,呷一口茶,才开始说话:"怎么?又是哪一位不舒服啦?"每次如此,活龙活现。

我父亲是饭后照例一支雪茄,随时补充纸烟,纸烟的铁罐打开来,嘶的一声响,先在里面的纸笺上写启用的日期,藉以察考每日消耗数量不使过高。雪茄形似飞艇,尖端上打个洞,叼在嘴里真不雅观,可是气味芬芳。纸烟中高级者都是舶来品,中下级者如强盗牌在民初左右风行一时,稍后如白锡包、粉包、国产的联珠、前门等等,皆为一般人所乐用。就中以粉包为特受欢迎的一种,因其烟支之粗细松紧正合吸海洛因者打"高射烟"之用。儿童最喜欢收集纸烟包中附置的彩色画片。好像是前门牌吧,附置的画片是水浒传一百零八条好汉的画像,如有人能收集全套,可得什么什么的奖品,一时儿童们趋之若鹜。可怜那些热心的集者,枉费心机,等了多久多久,那位及时雨宋公明就是不肯亮相!是否有人集得全套,只有天知道了。

常言道,"烟酒不分家",抽烟的人总是桌上放一罐烟,客来则敬烟,这是最起码的礼貌。可是到了抗战时期,这情形稍有改变。在后方,物资艰难,只有特殊人物才能从怀里掏出"幸运"、"骆驼"、"三五"、"毛利斯"在侪辈面前炫耀一番,只有豪门仕女才能双指夹着一支细长的红嘴的"法蒂玛"忸怩作态。一般人吸的是"双喜",等而下之的便要数"狗屁牌"(Cupid)香烟了。这渎亵爱神名义的纸烟,气味如何自不待言,奇的是卷烟纸上有涂抹不匀的硝,吸的时候会像儿童玩的烟火"滴滴金",噼噼啪啪的作响、冒火星,令人吓一跳。饶是烟质不美,瘾君子还是不可一日无此君,而且通常是人各一包深藏在衣袋里面,不愿人知是何品牌,要吸时便伸手入袋,暗中摸索,然后突的抽出一支,点燃之后自得其乐。一听烟放在桌上任人取吸,那种场面不可复见。直到如今,大家元气稍复,敬烟之事已很寻常,但是开放式的一罐香烟经常放在桌上,仍不多见。

我吸纸烟始自留学时期,独身在外,无人禁制,而天涯羁旅,心绪如麻,

看见别人吞云吐雾，自己也就效颦起来。此后若干年，由一日一包，而一日两包，而一日一听。约在二十年前，有一天心血来潮，我想试一试自己有多少克己的力量，不妨先从戒烟作起。马克·吐温说过："戒烟是很容易的事，我一年戒过好几十次了。"我没有选择黄道吉日，也没有诹访室人，闷声不响的把剩余的纸烟一古脑儿丢在垃圾堆里，留下烟嘴、烟斗、烟包、打火机，以后分别赠给别人，只是烟灰缸没有抛弃。"冷火鸡"的戒烟法不大好受，一时间手足失措，六神无主，但是工作实在太忙，要发烟瘾没得工夫，实在熬不过就吃一块巧克力。巧克力尚未吃完一盒，又实在腻胃，于是把巧克力也戒掉了。说来惭愧，我戒烟只此一遭，以后一直没有再戒过。

吸烟无益，可是很多人都说"不为无益之事何以遣有涯之生？"而且无益之事有很多是有甚于吸烟者，所以吸烟或不吸烟，应由各人自行权衡决定。有一个人吸烟，不知是为特技表演，还是为节省买烟钱，经常猛吸一口烟咽下肚，绝不污染体外的空气，过了几年此人染了肺癌。我吸了几十年烟，最后才改吸不花钱的新鲜空气。如果在公共场所遇到有人口里冒烟，甚或直向我的面前喷射毒雾，我便退避三舍，心里暗自诅咒："我过去就是这副讨人嫌恶的样子！"

画展

　　我参观画展,常常感觉悲哀。大抵一个人不到山穷水尽的时候,不肯把他所能得到的友谊一下子透支净尽,所以也就不会轻易开画展。门口横挂着一条白布,如果把上面的"画展"二字掩住,任何人都会疑心是追悼会。进得门去"一片缟素",仔细一看,是一幅幅的画,三三两两的来宾在那里指指点点,吱吱喳喳,有的苦笑,有的撇嘴,有的愁眉苦脸,有的挤眉弄眼,大概总是面带戚容者居多。屋角里坐着一个蓬首垢面的人,手心上直冒冷汗,这一位大概就是精通六法的画家。好像这不是欣赏艺术的地方,而是仁人君子解囊救命的地方。这一幅像八大,那一幅像石涛,幅幅后面都隐现着一个面黄肌瘦嗷嗷待哺的人影,我觉得惨。

　　任凭你参观的时候是多么早,总有几十幅已经标上了红签,表示已被人赏鉴而订购了。可能是真的,因为现在世界上是有一种人,他有力量造起亭台楼阁,有力量设备天棚鱼缸石榴树肥狗胖丫头,偏偏白汪汪的墙上缺少几幅画。这种人很聪明,他的品味是相当高的,他不肯在大厅上挂起福禄寿三星,也不肯挂刘海戏金蟾,因为这是他心里早已有的,一闭眼就看得清清楚楚用不着再挂在面前,他要的是近似四王吴恽甚至元四大家之类的货色。这一类货色是任何画展里都不缺乏的,所以我说那些红签可能是真的,虽然是在开幕以前即已成交。不过也不一定全是真的,第一天三十个红签,如果生意兴隆,有些红签是要赶快取下的,免得耽误了真的顾主,所以第二天就许只剩二十个红签,千万不要以为有十个悬崖勒马的人又退了货。

一幅画如何标价,这虽不见于六法,确是一种艺术。估价要根据成本,此乃不易之论。纸张的质料与尺寸,一也;颜料的种类与分量,二也;裱褙的款式与工料,三也;绘制所用之时间与工力,四也;题识者之身份与官阶,五也;——这是全要考虑到的,至于画的本身之优劣,可不具论。于成本之外应再加多少盈利,这便要看各人心地之薄与脸皮之厚到如何程度了。但亦有两个学说:一个是高抬物价,一幅枯树牛山,硬标上惊人的高价,观者也许咋舌,但是谁也不愿对于风雅显得外行,他至少也要赞叹两声,认为是神来之笔,如果一时糊涂就许订购而去,一个是廉价多卖,在求人订购的时候比较的易于启齿而不太伤感情。

画展闭幕之后,画家的苦难并未终止。他把画一轴轴的毕恭毕敬的送到顾主府上,而货价的交割是遥遥无期的。他需要踵门乞讨。如果遇到"内有恶犬"的人家,逡巡不敢入,勉强叩门而入,门房的颜色更可怕,先要受盘查,通报之后主人也许正在午睡或是有事不能延见,或是推脱改日再来,这时节他不能急,他要隐忍,要有艺术家的修养。几曾看见过油盐店的伙计讨账敢于发急?

画展结束之后,检视行箧,卖出去的是哪些,剩下的是哪些,大概可得如下之结论:着色者易卖,山水中有人物者易卖,花卉中有翎毛者易卖,工细而繁复者易卖,霸悍粗犷吓人惊俗者易卖,章法奇特而狂态可掬者易卖,有大人先生品题者易卖。总而言之,有卖相者易于脱手,无卖相者便"只供自怡悦"了。绘画艺术的水准就在这买卖之间无形中被规定了。下次开画展的时候,多点石绿,多泼胭脂,山水里不要忘了画小人儿。"空亭不见人"是不行的,花卉里别忘了画只鸟儿,至少也要是一只螳螂即可了,要细皴细点,要回环曲折,要有层峦叠嶂,要有亭台楼阁,用大笔,用枯墨,一幅山水可以画得天地头不留余地,五尺挥宣也可以描上三朵梅花而尽是空白。在画法上是之谓画蠹,在画展里是之谓成功。

有人以为画展之事是附庸风雅,无补时艰。我倒不这样想。写字、刻印以及词章考证,哪一样又有补时艰?画展只是一种市场,有无相易,买卖自由,不愧于心,无伤大雅。我怕的是,"蜀山图"里画上一辆卡车,"寒林图"里画上一架飞机。

脸谱

我要说的脸谱不是旧剧里的所谓"整脸"、"碎脸"、"三块瓦"之类,也不是麻衣相法里所谓观人八法"威、厚、清、古、孤、薄、恶、俗"之类。我要谈的脸谱乃是每天都要映入我们眼帘的形形色色的活人的脸。旧戏脸谱和麻衣相法的脸谱,那乃是一些聪明人从无数活人脸中归纳出来的几个类型公式,都是第二手的资料,可以不管。

古人云"人心不同,各如其面",那意思承认人面不同是不成问题的。我们不能不叹服人类创造者的技巧的神奇,差不多的五官七窍,但是部位配合,变化无穷,比七巧板复杂多了。对于什么事都讲究"统一"、"标准化"的人,看见人的脸如此复杂离奇,恐怕也无法训练改造,只好由它自然发展罢?假使每一个人的脸都像是从一个模子里翻出来的,一律的浓眉大眼,一律的虎额龙隼,在排起队来检阅的时候固然甚为壮观整齐,但不便之处必定太多,那是不可想象的。

人的脸究竟是同中有异,异中有同,否则也就无所谓谱。就粗浅的经验说,人的脸大别为二种,一种是令人愉快的,一种是令人不愉快的。凡是常态的,健康的,活泼的脸,都是令人愉快的,这样的脸并不多见。令人不愉快的脸,心里有一点或很多不痛快的事,很自然的把脸拉长一尺,或是罩上一层阴霾,但是这张脸立刻形成人与人之间的隔阂,立刻把这周围的气氛变得阴沉。假如,在可能范围之内,努力把脸上的筋肉松弛一下,嘴角上挂出一个微笑,自己费力不多,而给予人的快

感甚大,可以使得这人生更值得留恋一些。我永不能忘记那永长不大的孩子潘彼得,他嘴角上永远挂着一颗微笑,那是永恒的象征。一个成年人若是完全保持一张孩子脸,那也并不是理想的事,除了给"婴儿自己药片"作商标之外,也不见得有什么用处。不过赤子之天真,如在脸上还保留一点痕迹,这张脸对于人类的幸福是有贡献的。令人愉快的脸,其本身是愉快的,这与老幼妍媸无关。丑一点、黑一点,下巴长一点,鼻梁塌一点,都没有关系,只要上面漾着充沛的活力,便能辐射出神奇的光彩,不但有光,还有热,这样的脸能使满室生春,带给人们兴奋、光明、调谐、希望、欢欣。一张眉清目秀的脸,如果恹恹无生气,我们也只好当作石膏像来看待了。

  我觉得那是一个很好的游戏:早起出门,留心观察眼前活动的脸,看看其中有多少类型,有几张使你看了一眼之后还想再看?

  不要以为一个人只有一张脸。女人不必说,常常"上帝给她一张脸,她自己另造一张"。不涂脂粉的男人的脸,也有"卷帘"一格,外面摆着一副面孔,在适当的时候呱嗒一声如帘子一般卷起,另露出一副面孔。"杰克博士与海德先生"(Dr. Jekyll and Mr. Hyde)那不是寓言。误入仕途的人往往养成这一套本领。对下司道貌岸然,或是面部无表情,像一张白纸似的,使你无从观色,莫测高深,或是面皮绷得像一张皮鼓,脸拉得驴般长,使你在他面前觉得矮好几尺!但是他一旦见到上司,驴脸得立刻缩短,再往瘪里一缩,马上变成柿饼脸,堆下笑容,直线条全变成曲线条,如果见到更高的上司,连笑容都凝结得堆不下来,未开言嘴唇要抖上好大一阵,脸上作出十足的诚惶诚恐之状。帘子脸是傲下媚上的主要工具,对于某一种人是少不得的。

  不要以为脸和身体其他部分一样的受之父母,自己负不得责。不,在相当范围内,自己可以负责的,大概人的脸生来都是和善的,因为从婴儿的脸看来,不必一定都是颜如渥丹,但是大概都是天真无邪,令人看了喜欢的。我还没见过一个孩子带着一副不得善终的脸,脸都是后来自己作践坏了的,人们多半不体会自己的脸对于别人发生多大的影响。脸是到处都有的。在送殡的行列中偶然发现的哭丧脸,作讣闻纸色,眼睛肿得桃儿似的,固然难看。一行行的囚首垢面的人,如稻草人,如丧家犬,脸上作黄蜡色,像是才从牢狱里出来,又像是要到牢狱里去,凸着两只没有神的大眼睛,看着也令人心酸。还有一大群心地不够薄脸皮不够厚的人,满脸泛着平价米色,嘴角上也许还沾着一点平价油,身穿着一件平价布,一脸的愁苦,没有一丝的笑容,这样的脸是颇令人不快的。但是这些贫病愁苦的脸还不算是最令人不愉快,因为只是消极的令人心里堵得慌,而且稍微增加一些营养(如肉糜之类)或改善一些环境,脸上的神情还可以渐渐恢复常态。最令人不快的是一些本来吃得饱,睡得着,红光满面的脸,偏偏带着一股肃杀之气,冷森森的拒人千里之外,看你的时候眼皮都不抬,嘴撇得瓢儿似的,冷不防抬起眼皮给你一个白眼,黑眼球不知翻到哪里去了,脖梗子发硬,脑壳朝天,眉头皱出好几道熨斗都熨不平的深沟——这样的神情最容易在官办的业务机关的柜台后面出现。遇见这样的人,我就觉得惶惑:这个人是不是昨天赌了一夜以致睡眠不足,或是接连着腹泻了三天,或是新近遭遇了什么闵凶,否则何以乖戾至此,连一张脸的常态都不能维持了呢。

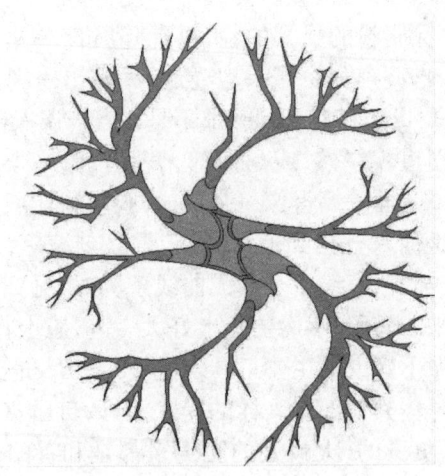

中国 20 世纪名家散文经典

中年

  钟表上的时针是在慢慢的移动着的,移动的如此之慢,使你几乎不感觉到它的移动,人的年纪也是这样的,一年又一年,总有一天会蓦然一惊,已经到了中年,到这时候大概有两件事使你不能不注意。讣闻不断的来,有些性急的朋友已经先走一步,很煞风景,同时又会忽然觉得一大批一大批的青年小伙子在眼前出现,从前也不知是在什么地方藏着的,如今一齐在你眼前摇晃,磕头碰脑的尽是些昂然阔步满面春风的角色,都像是要去吃喜酒的样子。自己的伙伴一个个的都入蛰了,把世界交给了青年人。所谓"耳畔频闻故人死,眼前但见少年多",正是一般人中年的写照。

  从前杂志背面常有"韦廉士红色补丸"的广告,画着一个憔悴的人,弓着身子,手拊在腰上,旁边注着"图中寓意"四字。那寓意对于青年人是相当深奥的。可是这幅图画却常在一般中年人的脑里涌现,虽然他不一定想吃"红色补丸",那点寓意他是明白的了。一根黄松的柱子,都有弯曲倾斜的时候,何况是二十六块碎骨头拼凑成的一条脊椎?年青人没有不好照镜子的,在店铺的大玻璃窗前照一下都是好的,总觉得大致上还有几分姿色。这顾影自怜的习惯逐渐消失,以至于有一天偶然揽镜,突然发现额上刻了横纹,那线条是显明而有力,像是吴道子的"莼菜描",心想那是抬头纹,可是低头也还是那样。再一细看头顶上的头发有搬家到腮旁颔下的趋势,而最令人怵目惊心的是,鬓角上发现几根白发,这一惊非同小可,平夙一毛不拔的人到这时候也不免要狠心的把它拔去，拔毛连茹，头发根上还许带着一颗鲜亮的肉珠。但是没有用，岁月不饶人！

一般的女人到了中年，更着急。哪个年青女子不是饱满丰润得像一颗牛奶葡萄，一弹就破的样子？哪个年青女子不是玲珑矫健得像一只燕子，跳动得那么轻灵？到了中年，全变了。曲线部还存在，但满不是那么回事，该凹入的部分变成了凸出，该凸出的部分变成了凹入，牛奶葡萄要变成为金丝蜜枣，燕子要变鹌鹑。最暴露在外面的是一张脸，从"鱼尾"起皱纹撒出一面网，纵横辐辏，疏而不漏，把脸逐渐织成一幅铁路线最发达的地图，脸上的皱纹已经不是熨斗所能烫得平的，同时也不知怎么在皱纹之外还常常加上那么多的苍蝇屎。所以脂粉不可少。除非粪土之墙，没有不可圬的道理。在原有的一张脸上再罩上一张脸，本是最简便的事。不过在上妆之前下妆之后容易令人联想起聊斋志异的那一篇《画皮》而已。女人的肉好像最禁不起地心的吸力，一到中年便一齐松懈下来往下堆摊，成堆的肉挂在脸上，挂在腰边，挂在踝际。听说有许多西洋女子用擀面杖似的一根棒子早晚混身乱搓，希望把浮肿的肉压得结实一点，又有些人干脆忌食脂肪忌食淀粉，扎紧裤带，活生生的把自己"饿"回青春去。有多少效果，我不知道。

别以为人到中年，就算完事。不。譬如登临，人到中年像是攀跻到了最高峰。回头看看，一串串的小伙子正在"头也不回呀汗也不揩"的往上爬。再仔细看看，路上有好多块绊脚石，曾把自己磕碰得鼻青脸肿，有好多处陷阱，使自己作了若干年的井底蛙。回想从前，自己作过扑灯蛾，惹火焚身，自己作过撞窗户纸的苍蝇，一心想奔光明，结果落在黏苍蝇的胶纸上！这种种景象的观察，只有站在最高峰上才有可能。向前看，前面是下坡路，好走得多。

施耐庵水浒序云："人生三十未娶，不应再娶；四十未仕，不应再仕。"其实"娶"、"仕"都是小事，不娶不仕也罢，只是这种说法有点中途弃权的意味，西谚云："人的生活在四十才开始。"好像四十以前，不过是几出配戏，好戏都在后面。我想这与健康有关。吃窝头米糕长大的人，拖到中年就算不易，生命力已经蒸发殆尽。这样的人焉能再娶？何必再仕？服"维他赐保命"都嫌来不及了。我看见过一些得天独厚的男男女女，年青的时候愣头愣脑的，浓眉大眼，生僵挺硬，像是一些又青又涩的毛桃子，上面还带着挺长的一层毛。他们是未经琢磨过的璞石。可是到了中年，他们变得润泽了，容光焕发，脚底下像是有了弹簧，一看就知道是内容充实的。他们的生活像是在饮窖藏多年的陈酿，浓而芳冽！对于他们，中年没有悲哀。

四十开始生活，不算晚，问题在"生活"二字如何诠释。如果年届不惑，再学习溜冰踢毽子放风筝，"偷闲学少年"，那自然有如秋行春令，有点勉强。

半老徐娘,留着"刘海",躲在茅房里穿高跟鞋当作踩高跷的练习走路,那也是惨事。中年的妙趣,在於相当的认识人生,认识自己,从而作自己所能作的事,享受自己所能享受的生活。科班的童伶宜于唱全本的大武戏,中年的演员才能担得起大出的轴子戏,只因他到中年才能真懂得戏的内容。

老年

时间走得很停匀,说快不快,说慢不慢。不知从什么时候起在宴会中总是有人簇拥着你登上座,你自然明白这是离入祠堂之日已不太远。上下台阶的时候常有人在你肘腋处狠狠的搀扶一把,这是提醒你,你已到达了杖乡杖国的高龄,怕你一跤跌下去,摔成好几截。黄口小儿一晃的工夫就窜高好多,在你眼前跌跌跄跄的跑来跑去,喊着阿公阿婆,这显然是在催你老。

其实人之老也,不需人家提示。自己照照镜子,也就应该心里有数。乌溜溜毛氄氄的头发哪里去了?由黑而黄,而灰,而斑,而毳毳然,而稀稀落落,而牛山濯濯,活像一只秃鹫。瓠犀一般的牙齿哪里去了?不是熏得焦黄,就是裂着罅隙,再不就是露出七零八落的豁口。脸上的肉七棱八瓣,而且还平添无数雀斑,有时排列有序如星座,这个像大熊,那个像天蝎。下巴颏儿底下的垂肉变成了空口袋,捏着一揪,两层松皮久久不能恢复原状。两道浓眉之间有毫毛秀出,像是麦芒,又像是兔须。眼睛无端淌泪,有时眼角上还会分泌出一堆堆的桃胶凝聚在那里。总之,老与丑是不可分的。尔雅:"黄发、鲵齿、鲐背、耆老,寿也。"寿自管寿,丑还是丑。

老的征象还多的是。还没有喝完川水,就先善忘。文字过目不旋踵就飞到九霄云外,再翻寻有如海底捞针。老友几年不见,觌面说不出他的姓名,只觉得他好生面善。要办事超过三件以上,需要结绳,又怕忘了哪一个结代表哪一桩事,如果笔之于书,又可能忘记备忘录放在何处。大概是脑髓用得

太久,难免漫漶,印象当然模糊。目视茫茫,眼镜整天价戴上又摘下,摘下又戴上。两耳聋聩,无以与乎钟鼓之声,倒也罢了,最难堪是人家说东你说西。齿牙动摇,咀嚼的时候像反刍,而且有时候还需要戴围嘴。至于登高腿软,久坐腰酸,睡一夜浑身关节滞涩,而且睁着大眼睛等天亮,种种现象不一而足。

老不必叹,更不必讳。花有开有谢,树有荣有枯。桓温看到他"种柳皆已十围,慨然曰:'木犹如此,人何以堪!'攀枝执条,泫然流泪。"桓公是一个豪迈的人,似乎不该如此。人吃到老,活到老,经过多少狂风暴雨惊涛骇浪,还能双肩承一喙,俯仰天地间,应该算是幸事。荣启期说,"人生有不见日月不免襁褓者",所以他行年九十,认为是人生一乐,叹也无用,乐也无妨,生、老、病、死,原是一回事。有人讳言老,算起岁数来斤斤计较按外国算法还是按中国算法,好像从中可以讨到一年便宜。更有人老不歇心,怕以皤皤华首见人,偏要染成黑头。半老徐娘,驻颜无术,乃乞灵于整容郎中化妆师,隆鼻隼,抽脂肪,扫青黛眉,眼眶涂成两个黑窟窿。"物老为妖,人老成精。"人老也就罢了,何苦成精?

老年人该作老年事,冬行春令实是不祥。西塞罗说,"人无论怎样老,总是以为自己还可以再活一年。"是的,这愿望不算太奢。种种方面的人欠欠人,正好及时作个了结。贤者识其大,不贤者识其小,各有各的算盘,大主意自己拿。最低限度,别自寻烦恼,别碍人事,别讨人嫌。"有人问莎孚克利斯,年老之后还有没有恋爱的事,他回答得好,'上天不准!我好容易逃开了那种事,如逃开凶恶的主人一般。'"这是说,老年人不再追求那花前月下的旖旎风光,并不是说老年人就一定如槁木死灰一般的枯寂。人生如游山。年青的男男女女携着手儿陟彼高冈,沿途有无限的赏心乐事,兴会淋漓,也可能遇到一些挫沮,歧路踉跄,不过等到日云暮矣,互相扶持着走下山冈,却正别有一番情趣。白居易睡觉诗:"老眠早觉常残夜,病力先衰不待年,五欲已销诸念息,世间无境可勾牵。"话是很洒脱,未免凄凉一些。五欲指财、色、名、饮食、睡眠。五欲全销,并非易事,人生总还有可留恋的在。江州司马泪湿青衫之后,不是也还未能忘情于诗酒么?

退休

　　退休的制度，我们古已有之。《礼记·曲礼》："大夫七十而致事"，致事就是致仕，言致其所掌之事于君而告老，也就是我们如今所谓的退休。礼，应该遵守，不过也有人觉得未尝不可不遵守。"礼岂为我辈设哉？"尤其是七十的人，随心所欲不逾矩，好像是大可为所欲为。普通七十的人，多少总有些昏聩，不过也有不少得天独厚的幸运儿，耄耋之年依然矍铄，犹能开会剪彩，必欲令其退休，未免有违笃念勋耆之至意。年青的一辈，劝你们少安勿躁，棒子早晚会交出来，不要抱怨"我在，久压公等"也。

　　该退休而不退休。这种风气好像我们也是古已有之。白居易有一首诗《不致仕》：

　　　　七十而致仕，礼法有明文。
　　　　何乃贪荣者，斯言如不闻？
　　　　可怜八九十，齿堕双眸昏。
　　　　朝露贪名利，夕阳忧子孙。
　　　　挂冠顾翠緌，悬车惜朱轮。

　　　　金章腰不胜，伛偻入君门。
　　　　谁不爱富贵？谁不恋君恩？
　　　　年高须告老，名遂合退身。
　　　　少时共嗤诮，晚岁多因循。

中国20世纪名家散文经典

贤哉汉二疏,彼独是何人?
寂寞东门路,无人继去尘!

汉朝的疏广及其兄子疏受位至太子太傅少傅,同时致仕,当时的"公卿大夫故人邑子,设祖道供张东都门外,送者车数百辆。辞决而去。道路观者皆曰:'贤哉二大夫!'或叹息为之下泣。"这就是白居易所谓的"汉二疏"。乞骸骨居然造成这样的轰动,可见这不是常见的事,常见的是"伛偻入君门"的"爱富贵"、"恋君恩"的人。白居易"无人继去尘"之叹,也说明了二疏的故事以后没有重演过。

从前读书人十载寒窗,所指望的就是有一朝能春风得意,纡青拖紫,那时节踌躇满志,纵然案牍劳形,以至于龙钟老朽,仍难免有恋栈之情,谁舍得随随便便的就挂冠悬车?真正老骥伏枥志在千里的人是少而又少的,大部分还不是舍不得放弃那五斗米,千钟禄,万石食?无官一身轻的道理是人人知道的,但是身轻之后,囊橐也跟着要轻,那就诸多不便了。何况一旦投闲置散,一呼百诺的煊赫的声势固然不可复得,甚至于进入了"出无车"的状态,变成了匹夫徒步之士,在街头巷尾低着头逡巡疾走不敢见人,那情形有多么惨。一向由庶务人员自动供应的冬季炭盆所需的白炭,四时陈设的花卉盆景,乃至于琐屑如卫生纸,不消说都要突告来源断绝,那又情何以堪?所以一个人要想致仕,不能不三思,三思之后恐怕还是一动不如一静了。

如今退休制度不限于仕宦一途,坐拥皋比的人到了粉笔屑快要塞满他的气管的时候也要引退。不一定是怕他春风风人之际忽然一口气上不来,是要他腾出位子给别人尝尝人之患的滋味。在一般人心目中,冷板凳本来没有什么可留恋的,平夙吃不饱饿不死,但是申请退休的人一旦公开表明要撤绛帐,他的亲戚朋友会一窝蜂的皇皇然,戚戚然,几乎要垂泪而道的劝告说他:"何必退休?你的头发还没有白多少,你的脊背还没有弯,你的两手也不哆嗦,你的两脚也还能走路……"言外之意好像是等到你头发全部雪白,腰弯得像是"?"一样,患上了帕金森症,走路就地擦,那时候再申请退休也还不迟。是的,是有人到了易箦之际,朋友们才急急忙忙的为他赶办退休手续,生怕公文尚在旅行而他老先生沉不住气,弄到无休可退,那就只好鼎惠恳辞了。更有一些知心的抱有远见的朋友们,会慷慨陈词:"千万不可退休,退休之后的生活是一片空虚,那时候闲居无聊,闷得发慌,终日彷徨,悒悒寡欢……"把退休后生活形容得如此凄凉,不是没有原因的,因为平夙上班是以"喝喝茶,签签到,聊聊天,看看报"为主,一旦失去喝茶签到聊天看报的场所,那是会要感觉到无比的枯寂的。

理想的退休生活就是真正的退休,完全摆脱赖以糊口的职务,作自己衷

心所愿意作的事。有人八十岁才开始学画,也有人五十岁才开始写小说,都有惊人的成就。"狗永远不会老得到了不能学新把戏的地步。"何以人而不如狗乎？退休不一定要远离尘嚣,遁迹山林,也无需隐藏人海,杜门谢客——一个人真正的退休之后,门前自然车马稀。如果已经退休的人而还偶然被认为有剩余价值,那就苦了。

中国20世纪名家散文经典

代沟

代沟是翻译过来的一个比较新的名词,但这个东西是我们古已有之的。自从人有老少之分,老一代与少一代之间就有一道沟,可能是难以飞渡的深沟天堑,也可能是一步迈过的小洟阴沟,总之是其间有个界限。沟这边的人看沟那边的人不顺眼,沟那边的人看沟这边的人不像话,也许吹胡子瞪眼,也许拍桌子卷袖子,也许口出恶声,也许真个的闹出命案,看双方的气质和修养而定。

《尚书·无逸》:"相小人,厥父母勤劳稼穑,厥子乃不知稼穑之艰难,乃逸乃谚既诞。否则侮厥父母曰:'昔之人无闻知'。"这几句话很生动,大概是我们最古的代沟之说的一个例证。大意是说:请看一般小民,作父母的辛苦耕稼,年青一代不知生活艰难,只知享受放荡,再不就是张口顶撞父母说:"你们这些落伍的人,根本不懂事!"活画出一条沟的两边的人对峙的心理。小孩子嘛,总是贪玩。好逸恶劳,人之天性。只有饱尝艰苦的人,才知道以无逸为戒。作父母的人当初也是少不更事的孩子,代代相仍,历史重演。一代留下一沟,像树身上的年轮一般。

虽说一代一沟,腌臜的情形难免,然大体上相安无事。这就是因为有所谓传统者,把人的某一些观念胶着在一套固定的范畴里。"不以规矩不能成方圆",大家都守规矩,尤其是年青的一代。"鞋大鞋小,别走了样子!"小的一代自然不免要憋一肚皮委屈,但是,别忙,"多年的媳妇熬成婆,多年的道路走成河",转眼间黄口小儿变成了鲐背耇老,又轮到自己唉声叹气,抱怨一肚皮不合时宜了。

我记得我小的时候,早起要跟着姊姊哥哥排队到上屋给祖父母请安,像早朝一样的肃穆而紧张,在大柜前面两张二人凳上并排坐下,腿短不能触地,往往甩腿,这是犯大忌的,虽然我始终不知是犯了什么忌。祖父母的眼睛瞪得圆圆的,手指着我们的前后摆动的小腿说:"怎么,一点样子都没有!"吓得我们的小腿立刻停摆,我的母亲觉得很没有面子,回到房里着实的数落了我们一番。祖孙之间隔着两条沟,心理上的隔阂如何得免?当时我心里纳闷,我甩腿,干卿底事。我十岁的时候,进了陶氏学堂,领到一身体操时穿的白帆布制服,有亮晶的铜纽扣,裤边还镶贴两条红带,现在回想起来有点滑稽,好像是卖仁丹游街宣传的乐队,那时却扬扬自得,满心欢喜的回家,没想到赢得的是一头雾水,"好呀!我还没死,就先穿起孝衣来了!"我触了白色的禁忌。出殡的时候,灵前是有两排穿白衣的"孝男儿",口里模仿嚎丧的哇哇叫。此后每逢体操课后回家,先在门洞脱衣,换上长褂,卷起裤筒。稍后,我进了清华,看见有人穿白帆布橡皮底的网球鞋,心羡不已,于是也从天津邮购了一双,但是始终没敢穿了回家。只求平安少生事,莫在代沟之内起风波。

大家庭制度下,公婆儿媳之间的代沟是最鲜明也最凄惨的。儿子自外归来,不能一头扎进闺房,那样作不但公婆瞪眼,所有的人都要竖起眉毛。他一定要先到上房请安,说说笑笑好一大阵,然后公婆(多半是婆)开恩发话:"你回屋里歇歇去吧。"儿子奉旨回到阃闱。媳妇不能随后跟进,还要在公婆面前周旋一下,然后公婆再度开恩,"你也去吧",媳妇才能走,慢慢的走。如果媳妇正在院里浣洗衣服,儿子过去帮一下忙,到后院井里用柳罐汲取一两桶水,送过去备用,结果也会召致一顿长辈的唾骂:"你走开,这不是你作的事。"我记得半个多世纪以前,有一对大家庭中的小夫妻,十分的恩爱,夫暴病死,妻觉得在那样家庭中了无生趣,竟服毒以殉。殡殓后,追悼之日政府颁赠匾额曰:"彤管扬芬",女家致送的白布横披曰:"看我门楣!"我们可以听得见代沟的冤魂哭泣,虽然代沟另一边的人还在逞强。

以上说的是六七十年前的事。代沟中有小风波,但没有大泛滥。张公艺九代同居,靠了一百多个忍字。其实九代之间就有八条沟,沟下有沟,一代压一代,那一百多个忍字还不是一面倒,多半由下面一代承当?古有明训,能忍自安。

五四运动实乃一大变局。新一代的人要造反,不再忍了。有人要"整理国故",管他什么三坟五典八索九丘,都要揪出来重新交付审判。礼教被控吃人,孔家店遭受捣毁的威胁,世世代代留下来的沟要彻底翻腾一下,这下

子可把旧一代的人吓坏了。有人提倡读经,有人竭力卫道,但是不是远水不救近火,便是只手难挽狂澜。代沟总崩溃,新一代的人如脱缰之马,一直旁出斜逸奔放驰骤到如今。旧一代的人则按照自然法则一批一批的凋谢,填入时代的沟壑。

　　代沟虽然永久存在,不过其现象可能随时变化。人生的麻烦事,千端万绪,要言之,不外财色两项。关于钱财,年长的一辈多少有一点吝啬的倾向。吝啬并不一定全是缺点。"称财多寡而节用之,富无金藏,贫不假贷,谓之啬。积多不能分人,而厚自养,谓之吝。不能分人,又不能自养,谓之爱。"这是《晏子春秋》的说法。所谓爱,就是守财奴。是有人好像是把孔方兄一个一个的穿挂在他的肋骨上,取下一个都是血丝糊拉的。英文俚语,勉强拿出一块钱,叫作"咳出一块钱",大概也是表示钱是深藏于肺腑,需要用力咳才能跳出来。年青一代看了这种情形,老大的不以为然,心里想:"这真是'昔之人,无闻知',有钱不用,害得大家受苦,忘记了'一个钱也带不了棺材里去'。"心里有这样的愤懑蕴积,有时候就要发泄。所以,曾经有一个儿子向父亲要五十元零用,其父靳而不予,由冷言恶语而拖拖拉拉,儿子比较身手矫健,一把揪住父亲的领带(唉,领带真误事),领带越揪越紧,父亲一口气上不来,一翻白眼,死了。这件案子,按理应剐,基于"心神丧失"的理由,没有剐,在代沟的历史里留下一个悲惨的记录。

　　人到成年,嘤嘤求偶,这时节不但自己着急,家长更是担心,可是所谓代沟出现了,一方面说这是我的事,你少管,另一方面说传宗接代的大事如何能不过问。一个人究竟是姣好还是寝陋,是端庄还是阴鸷,本来难有定评。"看那样子,长头发、牛仔裤、嬉游浪荡、好吃懒作,大概不是善类。""爬山、露营、打球、跳舞,都是青年的娱乐,难道要我们天天匀出功夫来晨昏定省,膝下承欢?"南辕北辙,越说越远。其实"养儿防老"、"我养你小,你养我老"的观念,现代的人大部分早已不再坚持。羽毛既丰,各奔前程,上下两代能保持朋友一般的关系,可疏可密,岁时存问,相待以礼,岂不甚妙?谁也无需剑拔弩张,放任自己,而透过于代沟。沟是死的,人是活的!代沟需要沟通,不能像希腊神话中的亚力山大以利剑砍难解之绳结那样容易的一刀两断,因为人终归是人。

送行

"黯然销魂者,别而已矣。"遥想古人送别,也是一种雅人深致。古时交通不便,一去不知多久,再见不知何年,所以南浦唱支骊歌,灞桥折条杨柳,甚至在阳关敬一杯酒,都有意味。李白的船刚要启碇,汪伦老远的在岸上踏歌而来,那幅情景真是历历如在目前。其妙处在於纯朴真挚,出之以潇洒自然。平夙莫逆于心,临别难分难舍。如果平常我看着你面目可憎,你觉着我语言无味,一旦远离,那是最好不过,只恨世界太小,唯恐将来又要碰头,何必送行?

在现代人的生活里,送行是和拜寿送殡等等一样的成为应酬的礼节之一。"揪着公鸡尾巴"起个大早,迷迷糊糊的赶到车站码头,挤在乱哄哄人群里面,找到你的对象,扯几句淡话,好容易耗到汽笛一叫,然后鸟兽散,吐一口轻松气,噘着大嘴回家。这叫作周到。在被送的那一方面,觉得热闹,人缘好,没白混,而且体面,有这么多人舍不得我走,斜眼看着旁边的没人送的旅客,相形之下,尤其容易起一种优越之感,不禁精神抖擞,恨不得对每一个送行的人要握八次手,道十回谢。死人出殡,都讲究要有多少亲友执绋,表示恋恋不舍,何况活人?行色不可不壮。

悄然而行似是不大舒服,如果别的旅客在你身旁耀武扬威的与送行的话别,那会增加旅中的寂寞。这种情形,中外皆然。Max Beerhohm 写过一篇《谈送行》,他说他在车站上遇见一位以演剧为业的老朋友在送一位女客,始而喁喁情话、俄而

泪湿双颊,终乃汽笛一声,勉强抑止哽咽,向女郎频频挥手,目送良久而别。原来这位演员是在作戏,他并不认识那位女郎,他是属于"送行会"的一个职员,凡是旅客孤身在外而愿有人到站相送的,都可以到"送行会"去雇人来送。这位演员出身的人当然是送行的高手,他能放进感情,表演逼真。客人纳费无多,在精神上受惠不浅。尤其是美国旅客,用金钱在国外可以购买一切,如果"送行会"真的普遍设立起来,送行的人也不虞缺乏了。

　　送行既是人生中所不可少的一桩事,送行的技术也便不可不注意到。如果送行只限于到车站码头报到,握手而别,那么问题就简单,但是我们中国的一切礼节都把"吃"列为最重要的一个项目。一个朋友远别,生怕他饿着走,饯行是不可少的,恨不得把若干天的营养都一次囤积在他肚里。我想任何人都有这种经验,如有远行而消息外露(多半还是自己宣扬),他有理由期望着饯行的帖子纷至沓来,短期间家里可以不必开伙。还有些思虑更周到的人,把食物携在手上,亲自送到车上船上,好像是你在半路上会要挨饿的样子。

　　我永远不能忘记最悲惨的一幕送行。一个严寒的冬夜,车站上并不热闹,客人和送客的人大都在车厢里取暖,但是在长得没有止境的月台上却有黑查查的一堆送行的人,有的围着斗篷,有的戴着风帽,有的脚尖在洋灰地上敲鼓似的乱动,我走近一看全是熟人,都是来送一位太太的。车快开了,不见她的踪影,原来在这一晚她还有几处饯行的宴会。在最后的一分钟,她来了。送行的人们觉得是在接一个人,不是在送一个人,一见她来到大家都表示喜欢,所有惜别之意都来不及表现了。她手上抱着一个孩子,吓得直哭,另一只手扯着一个孩子,连跑带拖,她的头发蓬松着,嘴里喷着热气像是冬天载重的骡了,她顾不得和送行的人周旋,三步两步的就跳上了车。这时候车已在蠕动。送行的人大部分都手里提着一点东西,无法交付,可巧我站在离车门最近的地方,大家把礼物都交给了我,"请您偏劳给送上去罢!"我好像是一个圣诞老人,抱着一大堆礼物,我一个箭步窜上了车,我来不及致辞,把东西往她身上一扔,回头就走,从车上跳下来的时候,打了几个转才立定脚跟。事后我接到她一封信,她说:

　　那些送行的都是谁?你丢给我那一堆东西,到底是谁送的?我在车上整理了好半天,才把那堆东西聚拢起来打成一个大包袱。朋友们的盛情算是给我添了一件行李。我愿意知道哪一件东西是哪一位送的,你既是代表送上车的,你当然知道,盼速见告。

　　计开:

水果三筐,泰康罐头四个,果露两瓶,蜜饯四盒,饼干四罐,豆腐乳四罐,蛋糕四盒,西点八盒,纸烟八听,信纸信封一匣,丝袜两双,香水一瓶,烟灰碟一套,小钟一具,衣料两块,酱菜四篓,绣花拖鞋一双,大面包四个,咖啡一听,小宝剑两把……"

这问题我无法答复,至今是个悬案。

我不愿送人,亦不愿人送我,对于自己真正舍不得离开的人,离别的那一刹那像是开刀,凡是开刀的场合照例是应该先用麻醉剂,使病人在迷蒙中度过那场痛苦,所以离别的苦痛最好避免。一个朋友说,"你走,我不送你,你来,无论多大风多大雨,我要去接你。"我最赏识那种心情。

旅行

我们中国人是最怕旅行的一个民族。闹饥荒的时候都不肯轻易逃荒，宁愿在家乡吃青草啃树皮吞观音土，生怕离乡背井之后，在旅行中流为饿莩，失掉最后的权益——寿终正寝。至于席丰履厚的人更不愿轻举妄动，墙上挂一张图画，看看就可以当"卧游"，所谓"一动不如一静"。说穿了"太阳下没有新鲜事物"。号称山川形胜，还不是几堆石头一汪子水？我记得作小学生的时候，郊外踏青，是一桩心跳的事，多早就筹备，起个大早，排成队伍，擎着校旗，鼓乐前导。事后下星期还得作一篇"远足记"，才算功德圆满。旅行一次是如此的庄严！我的外祖母，一生住在杭州城内，八十多岁，没有逛过一次西湖，最后总算去了一次，但是自己不能行走，抬到了西湖，就没有再回来——葬在湖边山上。

古人云，"一生能着几两屐？"这是劝人及时行乐，莫怕多费几双鞋。但是旅行果然是一桩乐事吗？其中是否含着有多少苦恼的成分呢？

出门要带行李，那一个几十斤重的五花大绑的铺盖卷儿便是旅行者的第一道难关。要捆得紧，要捆得俏，要四四方方，要见棱见角，与稀松露馅的大包袱要迥异其趣，这已经就不是一个手无缚鸡之力的人所能胜任的了。关卡上偏有好奇人要打开看看，看完之后便很难得再复原。"乘兴而来，兴尽而返。"很多人在打完铺盖卷儿之后就觉得游兴已尽了。在某些国度里，旅行是不需要携带铺盖的，好像凡是有床的地方就

有被褥,有被褥的地方就有随时洗换的被单,——旅客可以无牵无挂,不必像蜗牛似的顶着安身的家伙走路。携带铺盖究竟还容易办得到,但是没听说过带着床旅行的,天下的床很少没有臭虫设备的。我很怀疑一个人于整夜输血之后,第二天还有多少精神游山逛水。我有一个朋友发明了一种服装,按着他的头躯四肢的尺寸作了一件天衣无缝的睡衣,人钻在睡衣里面,只留眼前两个窟窿,和外界完全隔绝,——只是那样子有些像是KKK,夜晚出来曾经几乎吓死一个人!

原始的交通工具,并不足为旅客之苦。我觉得"滑竿"、"架子车"都比飞机有趣。"御风而行,泠然善也",那是神仙生涯。在尘世旅行,还是以脚能着地为原则。我们要看朵朵的白云,但并不想在云隙里钻出钻进;我们要"横看成岭侧成峰,远近高低各不同",但并不想把世界缩小成假山石一般玩物似的来欣赏。我惋惜米尔顿所称述的中土有"挂帆之车"尚不曾坐过。交通工具之原始不是病,病在於舟车之不易得,车夫舟子之不易缠,"衣帽自看"固不待言,还要提防青纱帐起。刘伶"死便埋我",也不是准备横死。

旅行虽然夹杂着苦恼,究竟有很大的乐趣在。旅行是一种逃避,——逃避人间的丑恶。"大隐藏人海",我们不是大隐,在人海里藏不住。岂但人海里安不得身? 在家园也不容易遁迹。成年的圈在四合房里,不必仰屋就要兴叹;成年的看着家里的那一张脸,不必牛衣也要对泣。家里面所能看见的那一块青天,只有那么一大块。取之不尽用之不竭的清风明月,在家里都不能充分享用,要放风筝需要举着竹竿爬上房脊,要看日升月落需要左右邻居没有遮拦。走在街上,熙熙攘攘,磕头碰脑的不是人面兽,就是可怜虫。在这种情形之下,我们虽无勇气披发入山,至少为什么不带着一把牙刷捆起铺盖出去旅行几天呢? 在旅行中,少不了风吹雨打,然后倦飞知还,觉得"在家千日好,出门一时难"。这样便可以把那不可容忍的家变成为暂时可以容忍的了。下次忍耐不住的时候,再出去旅行一次。如此的折腾几回,这一生也就差不多了。

旅行中没有不感觉枯寂的,枯寂也是一种趣味。哈兹利特(Hazlitt)主张在旅行时不要伴侣,因为:"如果你说路那边的一片豆田有股香味,你的伴侣也许闻不见。如果你指着远处的一件东西,你的伴侣也许是近视的,还得戴上眼镜看。"一个不合意的伴侣,当然是累赘。但是人是个奇怪的动物,人太多了嫌闹,没人陪着嫌闷。耳边嘈杂怕吵,整天咕嘟着嘴又怕口臭。旅行是享受清福的时候,但是也还想拉上个伴。只有神仙和野兽才受得住孤独。在社会里我们觉得面目可憎、语言无味的人居多,避之唯恐或晚。在大自然里又觉得人与人之间是亲切的。到美国落矶山上旅行过的人告诉我,在山上若是遇见另一个旅客,不分男女老幼,一律脱帽招呼,寒暄一两句。这是

中国20世纪名家散文经典

很有意味的一个习惯。大概只有在旷野里我们才容易感觉到人与人是属于一门一类的动物，平常我们太注意人与人的差别了。

　　真正理想的伴侣是不易得的，客厅里的好朋友不见得即是旅行的好伴侣，理想的伴侣须具备许多条件，不能太脏，如嵇叔夜"头面常一月十五日不洗，不太闷痒不能沐"，也不能有洁癖，什么东西都要用火酒揩，不能如泥塑木雕、如死鱼之不张嘴，也不能终日喋喋不休，整夜鼾声不已，不能油头滑脑，也不能蠢头呆脑，要有说有笑，有动有静，静时能一声不响的陪着你看行云，听夜雨，动时能在草地上打滚像一条活鱼！这样的伴侣哪里去找？

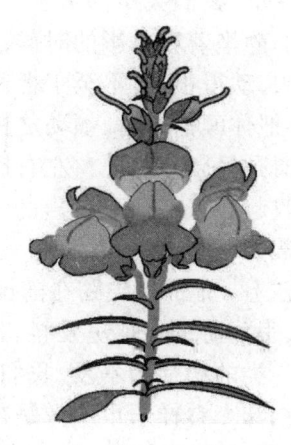

旁若无人

在电影院里,我们大概都常遇到一种不愉快的经验。在你聚精会神的静坐着看电影的时候,会忽然觉得身下坐着的椅子颤动起来,动得很匀,不至于把你从座位里掀出去,动得很促,不至于把你颠摇入睡,颤动之快慢急徐,恰好令你觉得他讨厌。大概是轻微地震罢?左右探察震源,忽然又不颤动了。在你刚收起心来继续看电影的时候,颤动又来了。如果下决心寻找震源,不久就可以发现,毛病大概是出在附近的一位先生的大腿上。他的足尖踏在前排椅撑上,绷足了劲,利用腿筋的弹性,很优游的在那里发抖。如果这拘挛性的动作是由于羊癫疯一类的病症的暴发,我们要原谅他,但是不像,他嘴里并不吐白沫。看样子也不像是神经衰弱,他的动作是能收能发的,时作时歇,指挥如意。若说他是有意使前后左右两排座客不得安生,却也不然。全是陌生人无仇无恨,我们站在被害人的立场上看,这种变态行为只有一种解释,那便是他的意志过于集中,忘记旁边还有别人,换言之,便是"旁若无人"的态度。

"旁若无人"的精神表现在日常行为上者不只一端。例如欠伸,原是常事,"气乏则欠,体倦则伸。"但是在稠人广众之中,张开血盆巨口,作吃人状,把口里的獠牙显露出来,再加上伸胳臂伸腿如演太极,那样子就不免吓人。有人打哈欠还带音乐的,其声呜呜然,如吹号角,如鸣警报,如猿啼,如鹤唳,音容并茂,礼记,"侍坐于君子,君子欠伸,撰杖屦,视日蚤莫,侍

坐者请出矣。"是欠伸合于古礼,但亦以"君子"为限,平民岂可援引,对人伸胳臂张嘴,纵不吓人,至少令人觉得你是在逐客,或是表示你自己不能管制你自己的肢体。

邻居有叟,平常不大回家,每次归来必令我闻知。清晨有三声喷嚏,不只是清脆,而且洪亮,中气充沛,根据那声音之响我揣测必有异物入鼻,或是有人插入纸捻,那声音撞击在脸盆之上有金石声!随后是大排场的漱口,真是排山倒海,犹如骨鲠在喉,又似苍蝇下咽。再随后是三餐的饱嗝,一串串的咯声,像是下水道不甚畅通的样子。可惜隔着墙没能看见他剔牙,否则那一份刮垢磨光的钻探工程,场面也不会太小。

这一切"旁若无人"的表演究竟是偶然突发事件,经常令人困恼的乃是高声谈话。在喊救命的时候,声音当然不嫌其大,除非是脖子被人踩在脚底下,但是普通的谈话似乎可以令人听见为度,而无需一定要力竭声嘶地去振聋发聩。生理学告诉我们,发音的器官是很复杂的,说话一分钟要有九百个动作,有一百块筋肉在弛张,但是大多数人似乎还嫌不足,恨不得嘴上再长一个扩大器。有个外国人疑心我们国人的耳鼓生得异样,那层膜许是特别厚,非扯着脖子喊不能听见,所以说话总是像打架。这批评有多少真理,我不知道。不过我们国人会嚷的本领,是谁也不能否认的。电影场里电灯初灭的时候,总有几声"哎哟,小三儿,你在哪儿啦?"在戏院里,演员像是演哑剧,大锣大鼓之声依稀可闻,主要的声音是观众鼎沸,令人感觉好像是置身蛙塘。在旅馆里,好像前后左右都是庙会,不到夜深休想安眠,安眠之后难免没有响皮底的大皮靴毫无惭愧的在你门前踱来踱去。天未大亮,又有各种市声前来侵扰。一个人大声说话,是本能;小声说话,是文明。以动物而论,狮吼、狼嗥、虎啸、驴鸣、犬吠,即是小如促织、蚯蚓,声音都不算小,都不会像人似的有时候也会低声说话。大概文明程度愈高,说话愈不以声大见长。群居的习惯愈久,愈不容易存留"旁若无人"的幻觉。我们以农立国,乡间地旷人稀,畎亩阡陌之间,低声说一句"早安"是不济事的,必得扯长了脖子喊一声"你吃过饭啦?"可怪的是,在人烟稠密的所在,人的喉咙还是不能缩小。更可异的是,纸驴嗓、破锣嗓、喇叭嗓、公鸡嗓,并不被一般的认为是缺陷,而且麻衣相法还公然的说,声音洪亮者主贵!

叔本华有一段寓言:

一群豪猪在一个寒冷的冬天挤在一起取暖,但是他们的刺毛开始互相击刺,于是不得不分散开。可是寒冷又把他们驱在一起,于是同样的事故又发生了。最后,经过几番的聚散。他们发现最好是彼此保持相当的距离。同样的,群居的需要使得人形的豪猪聚在一起,只是他们本性中的带刺的令人不快的刺毛使得彼此厌恶。他们最后发现的使彼此可以相安的那个距

离,便是那一套礼貌;凡违犯礼貌者便要受严词警告——用英语来说——请保持相当距离。用这方法,彼此取暖的需要只是相当的满足了;可是彼此可以不至互刺。自己有些暖气的人情愿走得远远的,既不刺人,又可不受人刺。

逃避不是办法。我们只是希望人形的豪猪时常的提醒自己:这世界上除了自己还有别人,人形的豪猪既不止我一个,最好是把自己的大大小小的刺毛收敛一下,不必像孔雀开屏似的把自己的刺毛都尽量的伸张。

诗人

有人说:"在历史里一个诗人似乎是神圣的,但是一个诗人在隔壁便是个笑话。"这话不错。看看古代诗人画像,一个个的都是宽衣博带,飘飘欲仙,好像不食人间烟火的样子,"辋川图"里的人物,弈棋饮酒,投壶流觞,一个个的都是儒冠羽衣,意态萧然,我们只觉得摩诘当年,千古风流,而他在苦吟时堕入醋瓮里的那付尴尬相,并没有人给他写书流传。我们凭吊浣花溪畔的工部草堂,遥想杜陵野老典衣易酒卜居茅茨之状,吟哦沧浪,主管风骚,而他在耒阳狂啖牛炙白酒胀饫而死的景象,却不雅观。我们对于死人,照例是隐恶扬善,何况是古代诗人,篇章遗传,好像是痰唾珠玑,纵然有些小小乖僻,自当加以美化,更可资为谈助。王摩诘堕入醋瓮,是他自己的醋瓮,不是我们家的水缸,杜工部旅中困顿,累的是耒阳知县,不是向我家叨扰。一般人读诗,犹如观剧,只是在前台欣赏,并无须侧身后台打听优伶身世,即使刺听得多少奇闻轶事,也只合作为梨园掌故而已。

假如一个诗人住在隔壁,便不同了。虽然几乎家家门口都写着"诗书继世长",懂得诗的人并不多。如果我是一个名利中人,而隔壁住着一个诗人,他的大作永远不会给我看,我看了也必以为不值一文钱,他会给我以白眼,我看看他一定也不顺眼。诗人没有常光顾理发店的,他的头发作飞蓬状,作狮子狗状,作艺术家状。他如果是穿中装的,一定像是算命瞎子,两脚泥;他如果是穿西装的,一定是像卖毛毯子的白俄,一

身灰。他游手好闲,他白昼作梦,他无病呻吟,他有时深居简出,闭门谢客,他有时终年流浪,到处为家,他哭笑无常,他饮食无度,他有时贫无立锥,他有时挥金似土。如果是个女诗人,她口里可以衔只大雪茄;如果是男的,他向各形各色的女人去膜拜。他喜欢烟、酒、小孩、花草、小动物——他看见一只老鼠可以作一首诗,他在胸口上摸出一只虱子也会作成一首诗。他的生活习惯有许多与人不同的地方。有一个人告诉我,他曾和一个诗人比邻,有一次同出远游,诗人未带牙刷,据云留在家里为太太使用,问之曰:"你们原来共用一把么?"诗人大惊曰:"难道你们是各用一把么?"

诗人住在隔壁,是个怪物,走在街上尤易引起误会。伯朗宁有一首诗《当代人对诗人的观感》,描写一个西班牙的诗人性好观察社会人生,以致被人误认为是一个特务,这是何等的讥讽!他穿的是一身破旧的黑衣服,手杖敲着地,后面跟着一条秃瞎老狗,看着鞋匠修理皮鞋,看人切柠檬片放在饮料里,看焙咖啡的火盆,用半只眼睛看书摊,谁虐打牲畜谁咒骂女人都逃不了他的注意——所以他大概是个特务,把观察所得呈报国王。看他那个模样儿,上了点年纪,那两道眉毛,亏他的眼睛在下面住着!鼻子的形状和颜色都像魔爪。某甲遇难,某乙失踪,某丙得到他的情妇——还不都是他干下的事?他费这样大的心机,也不知得多少报酬。大家都说他回家用晚膳的时候,灯火辉煌,墙上挂着四张名画,二十名裸体女人给他捧盘换盏。其实,这可怜的人过的乃是另一种生活,他就住在桥边第三家,新油刷的一幢房子,全街的人都可以看见他交叉着腿,把脚放在狗背上,和他的女仆在打纸牌,吃的是烙饼水果,十点钟就上床睡了。他死的时候还穿着那件破大衣,没膝的泥,吃的是面包壳,脏得像一条薰鱼!

这位西班牙的诗人还算是幸运的,被人当作特务,在另一个国度里,这样一个形迹可疑的诗人可能成为特务的对象。

变戏法的总要念几句咒,故弄玄虚,增加他的神秘,诗人也不免几分江湖气,不是谪仙,就是鬼才,再不就是梦笔生花,总有几分阴阳怪气。外国诗人更厉害,作诗时能直接的祷求神助,好像是仙灵附体的样子。

"一颗沙里看出一个世界,
　一朵野花里看出一个天堂,
　把无限抓在你的手掌里,
　把永恒放进一刹那的时光。"

若是没有一点慧根的人,能说出这样的鬼话?你不懂?你是蠢才!你说你懂,你便可跻身于风雅之林,你究竟懂不懂,天知道。

中国20世纪名家散文经典

  大概每个人都曾经有过作诗人的一段经验。在"怨黄莺儿作对,怪粉蝶儿成双"的时节,看花谢也心惊,听猫叫也难过,诗就会来了,如枝头舒叶那么自然。但是入世稍深,渐渐煎熬成为一颗"煮硬了的蛋",散文从门口进来,诗从窗口出去了。"嘴唇在不能亲吻的时候才肯唱歌。"一个人如果达到相当年龄,还不失赤子之心,经风吹雨打,方寸间还能诗意盎然,他是得天独厚,他是诗人。

  诗不能卖钱,一首新诗,如拈断数根须即能脱稿,那成本还是轻的,怕的是像牡蛎肚里的一颗明珠,那本是一块病,经过多久的滋润涵养才能磨炼孕育成功,写出来到哪里去找顾主?诗不能给富人客厅里摆设作装潢,诗不能给广大的读者以娱乐。富人要的是字画珍玩,大众要的是小说戏剧。诗,短短一橛,充篇幅都不中用。诗是这样无用的东西,所以以诗为业的诗人,如果住在你的隔壁,自然是个笑话。将来在历史上能否就成为神圣,也很渺茫。

中国20世纪名家散文经典

汽车

在大雨中,我在路边踉跄而行,路的泥泞,像一只大墨盒,坑洼处形成一片断续的小沼。忽闻汽车声,迎面而来,路上行人顿时起了骚动,纷纷的逃避,有的落荒而走,有的蹲在伞后作隐身于防御工事状,汽车过处,只听得訇然一声,泥浆四溅,腿脚慢一点的行人有的变成满脸花,有的浑身洒金,哭笑不得。这时候汽车里面坐着的士女懵然罔觉,怡然自若,士曰:"雨景如绘",女曰:"凉意袭人",风驰电掣而去,只留下受难的行人在那里怔愕,诅咒,我回想起法国大革命的前夕,巴黎贵族们的高轩驷马,在街上也是横行直撞,也是把水坑里的泥浆泼溅在行人身上,行人脸上也冒着怒火。

汽车是最明显的阶级标帜之一。如果去拜访一位贵友或是场面较大的机关,而你是坐着汽车去的,到门无须下车敲门投刺那一套手续,只消汽车夫呜呜的揿两声喇叭,便像是天方夜谭里盗窟的魔术一般,两扇大门恚然而开,一个穿制服的阍人在门旁拱立,春风满面,一头不穿制服的獒犬在另一边立着,尾巴摇动,满面春风,汽车长驱直入。但如果你是人力车的乘客,甚而是安步当车者流,于按门铃之后要鹄立许久,然后大门上开一小洞,里面露出两只眼睛,向你上下扫射,用喝口令的腔调问你找谁,同时獒犬大吠,大门一扇略开小缝,阍者堵着门缝向你盘查,如果应对得体,也许放你进去,也许还要在门外鹄立,等他去报告他也不知是否在家的主人。在许多人的眼里,人分两种:一种是坐汽车的人,一种是没得汽车

坐的人，至于汽车是怎样来的，租的、买的、公家的、接收的，也没有关系。汽车的样式也没有关系，四方矗耸的高轩也行，摇几十下才能开动的也行，水缸随时开锅冒热气的也行，只要是个能走动的汽车，就能保证车里面的人受到人的待遇。

从宴会出来也往往不能避免一幕悲剧，兴阑人散，主人送客，门口一大串的汽车一个个地把客人接走。这时节你若是无车阶级的便只好门前伫立，乘人不注意的时候拔步便溜，但是为顾全性命起见又不能不瞻前顾后的逡巡徘徊，好心肠的主人一眼瞥见，绝对不准你步行归家，你说想散步也不行，你说想踏月色也不行，非要仆人喊人力车不可，仆人跑到胡同口大喊"洋车！洋车！"声调凄绝，你和主人冷清清的立在门口，要说的话早已说完，该握的手早已握过，灯光惨淡，夜色阑珊，相对无言。有些更体贴的主人老早就替你安排，打听路线，求人顺便把你载回家去，这固然可以省却一番受窘，但是除了一饭之恩以外，又无端的加上了一回车送之恩！而且在车里你还不能咕嘟着嘴，需要强作欢颜，没话找话。

冯谖铗弹而歌，于食有鱼之后，就叹出无车，颇有见地，不是无病呻吟。想冯谖当时，必定饱受无车之苦。

世间最艳羡汽车者当无过于某一些个女人。浓妆淡抹之后，风摆荷叶，摇曳生姿，而犹能昂然阔步一去二三里者，实在少见，所以古宜乘以油壁香车，今宜乘以汽车。精雕细塑的造像，自然应该衬上红木架座。我知道许多女人把汽车设备列为择偶的基本条件之一，此种设备究能保持多久固不敢必，总以眼前具备此种条件为原则。汽车本身的便利自不消说，由汽车而附带发生的许多花样可以决定整个的生活方式。对于她们，婚姻减去汽车而还能相当美满是不可能的。为了汽车而牺牲其他的条件，也是值得的交易。汽车代表许多东西，优裕、娱乐、虚荣的满足，人们的青睐殷勤，都会随以俱来。至于婚姻的对方究竟是怎样的一块材料，那是次要的事，一个丈夫顶多重到二百磅，一辆汽车可以重到一吨，小疵大醇，轻重若判。

外国一位小说家新出一部作品，许多读者求他在作品上亲笔签署以为光宠，其中有一个读者不仅拿这一部新作品，而且把他过去的作品也都拿来请他签署，这个读者说他的妻子很喜欢他的作品，最近是她的生日，他想拿这一堆她所喜欢的作品作为生日礼物，小说家很是得意，欣然承诺之余，说："你想出其不意的给她一惊，是不是！""是的，她一定会大吃一惊，她原是希望生日那天能得一辆雪佛兰！"这是美国杂志上的一个小故事。在号称平均五人有一辆汽车的美国也还有想得汽车而不可得的妻子，何况是在洋车三轮车满街跑的国度里？

一队骆驼挂着铜铃，驮着煤袋，从城墙旁边由一个棉衣臃肿的乡下人牵着走过，那个侧影可以成为一幅很美妙的摄影题材，悬在外国人客厅里显得很朴雅可爱。外国人到中国来，喜欢坐人力车，跷起一条长腿拿着一根小杖敲着车夫的头指示他转弯，外国喜欢看《骆驼祥子》，外国人喜欢给洋车夫照相。可是我们不愿保存这样的国粹，我们也要汽车载货，我们也要汽车代步。我们不要老牛破车，我们要舒适速度，汽车应该成为日用品。可是有一样，如果汽车几十年内还不能成为大众的日用品，只是给少数人利用享受，作为大众的诅咒的对象，这时节汽车便是有一点"不合国情"。

签字

　　一个人愿意怎样签他的名字,是纯属于他个人的事,他有充分自由,没有人能干涉他。不过也有一个起码的条件,他签字必须能令人认识,否则签字可能失去了意义,甚且带来不必要的烦扰。有一次,一个学校考试放榜前夕,因为弥封编号的关系,必须核对报名表以取得真实姓名,不料有一位考生在报名上的签字如龙飞凤舞,又如春蚓秋蛇,又似鬼画符,非籀非篆,非行非草,大家传观,各作了不同的鉴定。有人说这样的考生必非善类,不取也罢。有人惜才,因为他考试的成绩很好。扰攘了半晌,有人出了高招,轻轻的揭下他的照片,看看照片背面的签字式是否可资比较。这一招,果然有分教,约略的看出了这位匠心独运的考生真实姓名。对于他的书法,大家都摇头。我没有追踪调查该生日后是否成了一位新潮派的画家或现代派的诗人。

　　支票上的签字可以任意勾画,而且无妨故出奇招,令人无从辨识,甚至像是一团乱麻,漆黑一团亦无不可,总之是要令人难以模仿。不过每次签字必须一致,涂鸦也好,黑猪也好,那猪那鸦必须永远是一个模式。在其他的场合就怕不能这样自由。有不相识的人写信给我,信的本身显示他很正常,但是他的正常没有维持到底,他的姓名我无法辨识,而信又有作复的必要,我无可奈何只好把他的签字式剪下来贴在复信的信封上,是否可以寄达我就不知道了。这位先生可能有一种误会,以为他的签字是任何读书识字的人所应该一看就懂的。

我们中国的字,由仓颉起,而甲骨、而钟鼎、而篆、而籀、而行、而草、而楷,变化多端,但是那变化是经过演化而约定俗成的。即使是草书,其中也有一定的标准写法,并不是每个人都可以潦草的任意大笔一挥。所以有所谓"标准草书",草书也自有其一定的写法。从前小学颇重写字一课,有些教师指定学生临写草书千字文,现在没有人肯干这种傻事了。翻看任何红白喜事的签到簿,其中总会有些令人啼笑皆非的签字式。有些画家完成巨构之后签名如画押。八大山人的签字式很怪,有人说是略似"哭之笑之",寓有隐痛。画不如八大者不得援例。

签字式最足以代表一个人的性格。王羲之的签字有几十种样式,万变不离其宗,一律的圆熟隽俏。看他的署名,不论是在笺头或是柬尾,一副翩翩的风致跃然纸上。他写的"之"字变化多端,都是摇曳生姿。世之学逸少书者多矣,没人能得其精髓,非太肥即太瘦,非太松即太紧,羲之二字即模仿不得。

有人沾染西俗,遇到新闻人物辄一拥而上,手持小簿,或临时撕扯的零张片楮,请求签名留念。其实那签字之后,下落多半不明,徒滋纷扰而已。我记得有一年,某省考试公费留学,某生成绩不恶,最后口试,他应答之后一时兴起,从衣袋里抽出小簿,请考试委员一一签名留念,主考者勃然大怒,予以斥退,遂至名落孙山。

雁塔题名好像是雅事,其实俗陋可哂。雁塔上题名者不仅是新进士,僧道庶士亦杂列其间。流风遗韵到今未已,凡属名胜,几乎到处都有某某到此一游的题记,甚至于用刀雕刻以期芳名垂诸久远。三代以下唯恐其不好名,不过名亦有善恶之别。我记得某家围墙新敷水泥,路过行人中不知哪一位逸兴遄飞,拾起一块石头或木棍之类,趁水泥湿软未干,以遒劲的笔法大书"王××"三个字。事隔二十余年,其题名犹未漫漶,可惜他的大名实在不雅。

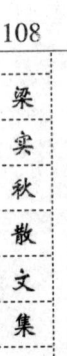

中国20世纪名家散文经典

讲价

韩康采药名山,卖于长安市,三十余年,口不二价。这并不是说三十余年物价没有波动,这是说他三十余年没有耍过一次谎,就凭这一点怪脾气他的大名便入了后汉书的逸民列传。这并不证明买卖东西无需讲价是我们古已有之的固有道德,这只证明自古以来买卖东西就得要价还价,出了一位韩康,便是人瑞,便可以名垂青史了。韩康不但在历史上留下了佳话,在当时也是颇为著名的。一个女子向他买药,他守价不移,硬是没得少,女子大怒,说:"难道你是韩康,一个钱没得少?"韩康本欲避名,现在小女子都知道他的大名,吓得披发入山。卖东西不讲价,自古以来,是多么难得!我们还不要忘记韩康"家世著姓",本不是商人,如果是个"逐什一之利"的,有机会能得什二什三时岂不更妙?

从前有些店铺讲究货真价实,"言不二价"、"童叟无欺"的金字招牌偶然还可以很骄傲的悬挂起来,不必大减价雇吹鼓手,主顾自然上门。这种事似乎渐渐少了。童叟根本也不见得好欺侮,而且买卖大半是流动的,无所谓主顾,不讲价还是不过瘾,不七折八扣显着买卖不和气,交易一成买者就又会觉得上当。在尔虞我诈的情形之下,讲价便成为交易的必经阶段,反正是"漫天要价,就地还钱"。看看谁有本事谁讨便宜。

我买东西很少的时候能不比别人的贵。世界上有一种人,喜欢到人家里面调查物价,看看你家里有什么东西都要打听一下是用什么价钱买的,除非你在每一事物上都粘上一个纸签标明价格,否则将不胜其啰唣。最扫兴的是,我已经把真的价钱瞒起,自欺欺人的只说了一半的价钱来搪塞他,他有时还会把头摇得像个"波浪鼓"似的,表示你上了弥天的大当!我承认,有些人是特别的善于讲价,他有政治家的脸皮,外交家的嘴巴,杀人的胆量,钓鱼的耐心,坚如铁石,韧似牛皮,所以他能压倒那待价而沽的商人。我曾虚心请教,大概归纳起来讲价的艺术不外下列诸端:

第一,要不动声色。进得店来,看准了他没有什么你就要什么,使得他显着寒碜,先有几分惭愧。然后无精打采的道出你所真心要买的东西,伙计于气馁之余,自然欢天喜地的捧出他的货色,价钱根本不会太高。如果偶然发现一项心爱的东西,也不可失声大叫,如获异宝,必要行若无事,淡然处之,于打听许多种物价之后,随意问询及之,否则你打草惊蛇,他便奇货可居了。

第二,要无情的批评。甘瓜苦蒂,天下物无全美。你把货物捧在手里,不忙鉴赏,先求其纰缪之所在,不厌其详的批评一番,尽量的道出它的缺点。有些物事,本是无懈可击的,但是"嗜好不能争辩",你这东西是红的,我偏喜欢白的,你这东西是大的,我偏喜欢小的。总之,是要把东西褒贬得一文不值缺点百出,这时候伙计的脸上也许要一块红一块白的不大好看,但是他的心里软了,价钱上自然有了商量的余地,我在委曲迁就的情形之下来买东西,你在价钱上还能不让步么?

第三,要狠心还价。先假设,自从韩康入山之后每个商人都是说谎的。不管价钱多高,拦腰一砍。这需要一点胆量,要狠得下心,说得出口,要准备看一副嘴脸。人的脸是最容易变的,用不了多少钱,那副愁云惨雾的苦脸立刻开霁,露出一缕春风。但这是最紧要的时候,这是耐心的比赛,谁性急谁失败,他一文一文的减,你就一文一文的加。

第四,要有反顾的勇气。交易实在不成,只好掉头而去,也许走不了好远,他会请你回来,如果他不请你回来,你自己要有回来的勇气,不能负气,不能讲究"义不反顾,计不旋踵。"讲价到了这个地步,也就山穷水尽了。

这一套讲价的秘诀,知易行难,所以我始终未能运用。我怕费工夫,我怕伤和气,如果我粗脖子红脸,我身体受伤,如果他粗脖子红脸,我精神上难过,我聊以解嘲的方法是记起郑板桥爱写的那四个大字:"难得糊涂"。

《淮南子》明明的记载着:"东方有君子之国",但是我在地图上却找不到。《山海经》里也记载着:"君子国衣冠带剑,其人好让不争。"但只有《镜花缘》给君子国透露了一点消息。买物的人说:"老兄如此高货,却讨恁般贱价,教小弟买去,如何能安?务求将价加增,方好遵教。若再过谦,那是有意不肯赏光交易了。"卖物的人说:"既承照顾,敢不仰体?但适才妄讨大价,已

中国20世纪名家散文经典

觉厚颜,不意老兄反说货高价贱,岂不更教小弟惭愧?况敝货并非'言无二价',其中颇有虚头。"照这样讲来,君子国交易并非言无二价,他还是要讲价的,也并非不争,也还有要费口舌唾液的。什么样的国家,才能买东西不讲价呢?我想与其讲价而为对方争利,不如讲价而为自己争利,比较的合于人类本能。

有人传授给我在街头雇车的秘诀:街头孤零零的一辆车,车夫红光满面鼓腹而游的样子,切莫睬他,如果三五成群鸠形鹄面,你一声吆喝便会蜂涌而来,竞相延揽,车价会特别低廉。在这里我们发现人性的一面——残忍。

理发

理发不是一件愉快事。让牙医拔过牙的人,望见理发的那张椅子就会怵怵不安,两种椅子很有点相像。我们并不希望理发店的椅子都是檀木螺钿,或是路易十四式,但至少不应该那样的丑,方不方圆不圆的,死撅撅硬邦邦的,使你感觉到坐上去就要受人割宰的样子。门口担挑的剃头挑儿,更吓人,竖着的一根小小的旗杆,那原是为挂人头的。

但是理发是一种必不可免的麻烦。"君子整其衣冠,尊其瞻视,何必蓬头垢面,然后为贤?"理发亦是观瞻所系。印度锡克族,向来是不剪发不剃须的,那是"受诸父母不敢毁伤"的意思,所以一个个的都是满头满脸毛毿毿的,滔滔皆是,不以为怪。在我们的社会里,就不行了,如果你蓬松着头发,就会有人疑心你是在丁忧,或是才从监狱里出来。髭须是更讨厌的东西,如果蓄留起来,七根朝上八根朝下都没有关系,嘴上有毛受人尊敬,如果刮得光光的露出一块青皮,也行,也受人尊敬,唯独不长不短的三两分长的髭须,如鬃鬣,如刺猬,如刈后的稻秆,看起来令人不敢亲近,鲁智深"腮边新剃暴长短须戗戗的好惨濑人",所以人先有五分怕他。钟馗须髯如戟,是一副唬鬼之相。我们既不想吓人,又不欲唬鬼,而且不敢不以君子自勉,如何能不常到理发店去?

理发匠并没有令人应该不敬重的地方,和刽子手屠户同样的是一种为人群服务的职业,而且理发匠特别显得高尚,那一身西装便可以说是高等华人的标帜。如果你交一个刽子手

朋友，他一见到你就会相度你的脖颈，何处下刀相宜，这是他的职业使然。理发匠俟你坐定之后，便伸胳膊挽袖相度你那一脑袋的毛发，对于毛发所依附的人并无兴趣。一块白绸布往你身上一罩，不见得是新洗的，往往是斑斑点点的如虎皮宣。随后是一根布条在咽喉处一勒。当然不会致命，不过箍得也就够紧，如果是自己的颈子大概舍不得用那样大的力。头发是以剪为原则，但是附带着生薅硬拔的却也不免，最适当的抗议是对着那面镜子狞眉皱眼的作个鬼脸，而且希望他能看见。人的头生在颈上，本来是可以相当的旋转自如的，但是也有几个角度是不大方便的，理发匠似乎不大顾虑到这一点，他总觉得你的脑袋的姿势不对，把你的头扳过来扭过去，以求适合他的刀剪。我疑心理发匠许都是孔武有力的，不然腕臂间怎有那样大的力气？

　　椅子前面竖起的一面大镜子是颇有道理的，倒不是为了可以顾影自怜，其妙在可以知道理发匠是在怎样收拾你的脑袋，人对于自己的脑袋没有不关心的。戴眼镜的朋友摘下眼镜，一片模糊，所见亦属有限。尤其是在刀剪晃动之际，呆坐如僵尸，轻易不敢动弹，对于左右坐着的邻客无从瞻仰，是一憾事。左边客人在挺着身子刮脸，声如割草，你以为必是一个大汉，其实未必然，也许是个女客；右边客人在喷香水擦雪花，你以为必是佳丽，其实亦未必然，也许是个男子。所以不看也罢，看了怪不舒服。最好是废然枯坐。

　　其中比较最愉快的一段经验是洗头。浓厚的肥皂汁滴在头上，如醍醐灌顶，用十指在头上搔抓，虽然不是麻姑，却也手似鸟爪。令人着急的是头皮已然搔得清痛，而东南角上一块最痒的地方始终不会搔到。用水冲洗的时候，难免不泛滥入耳，但念平凤盥洗大概是以脸上本部为限，边远陬隅辄弗能届，如今痛加涤荡，亦是难得的盛举。电器吹风，却不好受，时而凉飕习习，时而夹上一股热流，热不可当，好像是一种刑罚。

　　最令人难堪的是刮脸。一把大刀锋利无比，在你的喉头上眼皮上耳边上，滑来滑去，你只能瞑目屏息，捏一把汗。Robert Lynd 写过一篇《关于刮脸的讲道》，他说：

　　"当剃刀触到我的脸上，我不免有这样的念头：'假使理发匠忽然疯狂了呢？'很幸运的，理发匠从未发疯狂过，但我遭遇过别种差不多的危险。例如，有一个矮小的法国理发匠在雷雨中给我刮脸，电光一闪，他就跳得好老高。还有一个喝醉了的理发匠，拿着剃刀找我的脸，像个醉汉的样子伸手去一摸却扑了个空。最后把剃刀落在我的脸上了，他却靠在那里镇定一下，靠得太重了些，居然把我的下颊右方刮下了一块胡须，刀还在我的皮上，我连抗议一声都不敢。就是小声说一句，我觉得，都会使他丧胆而失去平衡，我的颈静脉也许要在他不知不觉间被他割断，后来剃刀暂时离开我的脸了，大概就是法国人所谓 Reculer pour mieux sauter（退回去以便再向前扑）我趁势立

刻用梦魇的声音叫起来,'别刮了,别刮了,够了,谢谢你'……"

　　这样的怕人的经验并不多有。不过任何人都要心悸,如果在刮脸时想起相声里的那段笑话,据说理发匠学徒的时候是用一个带茸毛的冬瓜来作试验的,有事走开的时候便把刀向瓜上一剁,后来出师服务,常常错认人头仍是那个冬瓜。刮脸的危险还在其次,最可恶的是他在刮后用手毫无忌惮的在你脸上摸,摸完之后你还得给他钱!

洗澡

谁没有洗过澡！生下来第三天，就有"洗儿会"，热腾腾的一盆香汤，还有果子采钱，亲朋围绕着看你洗澡。"洗三"的滋味如何，没有人能够记得。被杨贵妃用锦绣大襁褓裹起来的安禄山也许能体会一点点"洗三"的滋味，不过我想当时禄儿必定别有心事在。

稍为长大一点，被母亲按在盆里洗澡永远是终身不忘的经验。越怕肥皂水流进眼里，肥皂水越爱往眼角里钻。胳肢窝怕痒，两肋也怕痒，脖子底下尤其怕痒，如果咯咯大笑把身子弄成扭股糖似的，就会顺手一巴掌没头没脸的拍了下来，有时候还真有一点痛。

成年之后，应该知道澡雪垢滓乃人生一乐，但亦不尽然。我读中学的时候，学校有洗澡的设备，虽是因陋就简，冷热水却甚充分。但是学校仍须严格规定，至少每三天必须洗澡一次。这规定比起汉律"吏五日得一休沐"意义大不相同。五日一休沐，是放假一天，沐不沐还不是在你自己。学校规定三日一洗澡是强迫性的，而且还有惩罚的办法，洗澡室备有签到簿，三次不洗澡者公布名单，仍不悛悔者则指定时间派员监视强制执行。以我所知，不洗澡而签名者大有人在，俨如伪造文书；从未见有名单公布，更未见有人在众目睽睽之下袒裼裸裼，法令徒成具文。

我们中国人一向是把洗澡当作一件大事的。自古就有沐浴而朝，齐戒沐浴以祀上帝的说法。曾点的生平快事是"浴于沂"。唯因其为大事，似乎未能视为日常生活的一部分。到了唐朝，还有人"居丧毁慕，三年不澡沐"。晋朝的王猛扪虱而谈，更是经常不洗澡的明证。白居易诗"今朝一澡濯，衰瘦颇有馀"，洗一回澡居然有诗以纪之的价值。

  旧式人家，尽管是深宅大院，很少有特辟浴室的。一只大木盆，能蹲踞其中，把浴汤泼溅满地，便可以称心如意了。在北平，街上有的是"金鸡未唱汤先热，红日东升客满堂"的澡堂，也有所谓高级一些的如"西升平"，但是很多人都不敢问津，倒不一定是如米芾之"好洁成癖至不与人同巾器"，也不是怕进去被人偷走了裤子，实在是因为医药费用太大。"早晨皮包水，晚上水包皮"，怕的是水不仅包皮，还可能有点什么东西进入皮里面去。明知道有些城市的澡堂里面可以搓澡，敲背，捏足，修脚，理发，吃东西，高枕而眠，甚而至于不仅是高枕而眠，一律都非常方便，有些胆小的人还是望望然去之，宁可回到家里去蹲踞在那一只大木盆里将就将就。

  近代的家庭洗澡间当然是令人称便，可惜颇有"西化"之嫌，非我国之所固有。不过我们也无需过于自馁，西洋人之早雨浴晚雨浴一天淴洗两回，也只是很晚近的事。罗马皇帝喀拉凯拉之广造宏丽的公共浴室容纳一万六千人同时入浴，那只是历史上的美谈。那些浴室早已由于蛮人入侵而沦为废墟，早期基督教的禁欲趋向又把沐浴的美德破坏无遗。在中古期间的僧侣是不大注意他们的肉体上的清洁的。"与其澡于水，宁澡于德"（传玄澡盘铭）大概是他们所信奉的道理。欧洲近代的修女学校还留一些中古遗风，女生们隔两个星期才能洗澡一次，而且在洗的时候还要携带一件长达膝部以下的长袍作为浴衣，脱衣服的时候还有一套特殊技术，不可使自己看到自己的身体！英国维多利亚时代之"星期六晚的洗澡"是一般人民经常有的生活项目之一。平常的日子大概都是"不宜沐浴"。

  我国的佛教僧侣也有关于沐浴的规定，请看"百丈清规，六"："展浴袱取出浴具于一边，解上衣，未卸直裰，先脱下面裙裳，以脚布围身，方可系浴裙，将裩裤卷摺纳袱内"。虽未明言隔多久洗一次，看那脱衣层次规定之严，其用心与中古基督教会殆异趣趣同工。

  在某些情形之下裸体运动是有其必要的，洗澡即其一也。在短短一段时间内，在一个适当的地方，即使于洗濯之余观赏一下原来属于自己的肉体，亦无伤大雅。若说赤身裸体便是邪恶，那么衣冠禽兽又好在哪里？

  礼（儒行云）："儒有澡身而浴德"。我看人的身与心应该都保持清洁，而且并行不悖。

乞丐

在我住的这一个古老的城里,乞丐这一种光荣的职业似乎也式微了。从前街头巷尾总点缀着一群三分像人七分像鬼的家伙,缩头缩脑的挤在人家房檐底下晒太阳,捉虱子,打磕睡,啜冷粥,偶尔也有些个能挺起腰板,露出笑容,老远的就打躬请安,满嘴的吉祥话,追着洋车能跑上一里半里,喘得像只风箱。还有些扯着哑嗓穿行街巷大声的哀号,像是担贩的吆喝。这些人现在都到哪里去了?

据说,残羹剩饭的来源现在不甚畅了,大概是剩下来的鸡毛蒜皮和一些汤汤水水的东西都被留着自己度命了,家里的一个大坑还填不满,怎能把余沥去滋润别人!一个人单靠喝西北风是维持不了多久的。追车乞讨么?车子都渐渐现代化,在沥青路上风驰电掣,飞毛腿也追不上。汽车停住,砰的一声,只见一套新衣服走了出来,若是一个乞丐赶上前去,伸出胳膊,手心朝上,他能得到什么?给他一张大票,他找得开么?沿街托钵,呼天抢地也没有用。人都穷了,心都硬了,耳都聋了。偌大的城市已经养不起这种近于奢侈的职业。不过,乞丐尚未绝种,在靠近城根的大垃圾山上,还有不少同志在那里发掘宝藏,埋头苦干,手脚并用,一片喧阗。他们并不扰乱治安,也不侵犯产权,但是,说老实话,这群乞丐,无益税收,有碍市容,所以难免不像捕捉野犬那样的被捉了去。饿死的饿死,老成凋谢,继起无人,于是乞丐一业逐渐衰微。

在乞丐的艺术还很发达的时候,有一个乞讨的妇人给我

很深的印象。她的巡回的区域是在我们学校左近。她很知道争取青年,专以学生为对象。她看见一个学生远远的过来,她便在路旁立定,等到走近,便大喊一声"敬礼",举手、注视、一切如仪。她不喊"爷爷"、"奶奶",她喊"校长",她大概知道新的升官图上的晋升的层次。随后是她的申诉,其中主要的一点是她的一个老母,年纪是八十。她继续乞讨了五六年,老母还是八十。她很机警,她追随几步之后,若是觉得话不投机,她的申诉便戛然而止,不像某些文章那样啰嗦。她若是得到一个铜板,她的申诉也戛然而止,像是先生听到下课铃声一般。这个人如果还活着,我相信她一定能编出更合时代潮流的一套新词。

我说乞丐是一种光荣的职业,并不含有鼓励懒惰的意思。乞丐并不是不劳而获的人,你看他晒得黧黑干瘦,跑得上气不接下气,何曾安逸。而且他取不伤廉,勉强维持他的灵魂与肉体不至涣散而已。他的乞食的手段不外两种:一是引人怜,一是讨人厌。他满口"祖宗"、"奶奶"的乱叫,听者一旦发生错觉,自己的孝子贤孙居然沦落到这地步,恻隐之心就会油然而起。他若是背有瞎眼的老妈在你背后亦步亦趋,或是把畸形的腿露出来给你看,或是带着一窝的孩子环绕着你叫唤,或是在一块硬砖上稽颡在额上撞出一个大包,或是用一根草棍支着那有眼无珠的眼皮,或是像一个"人彘"似的就地擦着,或者申说遭遇,比"舍弟江南死,家兄塞北亡"还要来得凄怆,那么你那磨得邦硬的心肠也许要露出一丝的怜悯。怜悯不能动人,他还有一套讨厌的办法。他满脸的鼻涕眼泪,你越厌烦,他挨得越近,看看随时都会贴上去的样子,这时你便会情愿出钱打发他走开,像捐款作一桩卫生事业一般。不管是引人怜或是讨人厌,不过只是略施狡狯,无伤大雅。他不会伤人,他不会犯法;从没有一个人想伤害一个乞丐,他的那一把骨头,不足以当尊臂,从没有一种法律要惩治乞丐,乞丐不肯触犯任何法律所以才成为乞丐。乞丐对社会无益,至少也是并无大害,顶多是有一点有碍观瞻,如有外人参观,稍稍避一下也就罢了。有人以为乞丐是社会的寄生虫,话并不错,不过在寄生虫这一门里,白胖的多得是,一时怕数不到他罢?

从没有听说过什么人与乞丐为友,因而亦流于乞丐。乞丐永远是被认为现世报的活标本。他的存在饶有教育意义。无论交友多么滥的人,交不到乞丐,乞丐自成为一个阶级,真正的无产阶级(除了那只沙锅),乞丐是人群外的一种人。他的生活之最优越处是自由;鹑衣百结,无拘无束,街头流浪,无签到请假之烦,只求免於冻馁,富贵于我如浮云。所以俗语说:"三年要饭,给知县都不干。"乞丐也有他的穷乐。我曾想象一群乞丐享用一只"花子鸡"的景况,我相信那必是一种极纯洁的快乐。Charles Lamb 对于乞丐有这样的赞颂:

中国 20 世纪名家散文经典

"褴褛的衣衫,是贫穷的罪过,却是乞丐的袍褂,他的职业的优美的标帜,他的财产,他的礼服,他公然出现于公共场所的服装。他永远不会过时,永远不追在时髦后面。他无须穿着宫廷的丧服。他什么颜色都穿。什么也不怕。他的服装比桂格教派的人经过的变化还少。他是宇宙间唯一可以不拘外表的人。世间的变化与他无干。只有他屹然不动。股票与地产的价格不影响他。农业的或商业的繁荣也与他无涉,最多不过是给他换一批施主。他不必担心有人找他作保。没有人肯过问他的宗教或政治倾向。他是世界上唯一的自由人。"

话虽如此,谁不到山穷水尽谁也不肯作这样的自由人。只有一向作神仙的,如李铁拐和济公之类,游戏人间的时候,才肯短期的化身为一个乞丐。

运动

大概是李鸿章罢，在出使的时候道出英国，大受招待，有一位英国的皇族特别讨好，亲自表演网球赛，以娱嘉宾，我们的特使翎顶袿地坐在那里参观，看得眼花缭乱，那位皇族表演完毕，气咻咻然，汗涔涔然，跑过来问大使表演如何，特使戚然曰："好是好，只是太辛苦，为什么不雇两个人来打呢？"我觉得他答得好，他充分的代表了我们国人多少年来对于运动的一种看法。看两个人打球，是很有趣味的，如果旗鼓相当，砰一声打来，砰一声打过去，那趣味是不下于看斗鸡、斗鹌鹑、斗蟋蟀。人多少还有一点蛮性的遗留，喜欢站在一个安逸的地方看别个斗争，看到紧急处自己手心里冷津津的捏着两把汗，在内心处感觉到一种轻松。可是自己参加表演，就犯不着，累一身大汗，何苦来哉？摔跤的，比武的，那是江湖卖艺者流，士君子所不取。虽然相传自黄帝时候就有"蹴鞠"之戏，可是自汉唐以降我们还不知道谁是蹴鞠球健将，我看了《水浒传》才知道宋朝一个"浮浪破落户子弟""高俅那厮最是踢得好脚气球"。我们自古以来就讲究雍容揖让，纵然为了身体的健康，作一点运动，也要有分寸，顶多不过像陶侃之"日运百甓"，其用意也无非是习劳，并不曾想把身体锻炼得健如黄犊。

士大夫阶级太文明了，太安逸了，固然肢体都要退化，有变成侏儒的危险，肩不能挑担，手不能提篮，有变为废物的可能，但是在另一方面所谓的广大民众又嫌太劳苦了，营养不足，疲劳过度，吃不饱，睡不足，一个个的面如削瓜，身体畸形

发展,抬轿的肩膀上头有一块红肿的肉隆起如驼峰,挑水的脚筋上累累的疙瘩如瘿木,担石头的空手走路时也佝偻着腰像是个猿人,拉车子的鸡胸驼背,种庄稼的胼手胝足,——对于这一般人我们实在不愿意再提倡运动,我们要提倡的是生活水准的提高,然后他们可以少些运动。对于躺着吃饭坐着顿膘的朋友们,我们可以因势利导劝劝他们试行八段锦太极拳,大概不会发生什么大危险,对于天天在马路上赛跑的人力车夫们,田径赛是多余的。

外国人保留的蛮性要比我们多一些,也许是因为他们去古未远的缘故。看他们打架的方式就可以知道,一言不合,便是直接行动,看谁的胳臂力量大,不像我们之善于口角,干打雷不下雨。外国人的运动方式也多少和野蛮人的生活方式有些关联。我看过美国人赛足球,事前的准备不必提,单说比赛前夕的那个"鼓勇会"(Pep Meeting)就很吓人,在旷地燃起一堆烽火,大家围着火旋转叫嚣,熊熊的火光在每人的脸上照出一股"血丝糊拉"的狞恶相,队员被高高的举起在肩头上,像是要去作祭凶神的牺牲,只欠一阵阵冬冬的鼓,否则就很像印第安人战前的祭礼了。比赛的凶猛也不必提,只要看旁边助威的啦啦队,那真是如中疯魔生龙活虎一般,我们中国的所谓啦啦队轻描淡写的比起来只能算是幼年歌咏团。再说掷标枪,那不是和南非野人打猎一模一样的吗?打拳,那更是最直截了当的性命相扑。可是我说这些话并不含褒贬的意思。现在的外国人究竟不是野蛮人,他们很早的就在运动中建立起一套规矩,抽象的叫作运动道德。我们中国人夙来不好运动,可是一运动起来就很容易口咬足踢连骂带打了。

美国学校的球队训练员是薪给最高的职位,如果他能训练出一队如狼似虎的队员在运动场上建立几次殊勋,他立刻就可以给学校收很大的招徕的功效。"所谓大学,即是一座伟大运动场附设一个小小的学院。"把运动当作一种霓虹广告,在外国已为人诟病,在中国某一些学校里仍然不失其为时髦。学校里体育功课不可少,一星期一小时,好像是纪念性质。一大群面有菜色的青年总可以挑出若干彪形大汉,供以在中国算是特殊的膳食,施以在外国不算严格的训练,自然都还相当茁壮,伸出胳臂来一连串的凸出的肉腱子,像是成串的陈皮梅似的,再饰以一身鲜明的服装,相当的壮观,可惜的是这仅仅是样品而已。这些样品能孳生出更有价值的样品——锦标、银杯。没有锦标银杯,校长室和会客室里面就太黯淡了。

有人说,人的筋肉骨骼的发达是和脑筋的发达成正比例的。就整个的民族而言,也许是的,就个人分别而言,可是例外太多。在学校里谁都知道许多脑力过人的人往往长得像是一颗小蹦豆儿,好多在运动场上打破纪录的人在智力上并不常常打破纪录,除非是偶然的破留校年数的纪录。还有一层,运动和体育不同,犹之体格健壮与飞檐走壁不同。体格健壮是真正的

本钱,可以令人少生病多作事,至于跳得高跑得快玩起球来"一似鳔胶粘在身上",那当然也是一技之长,那意义不在耍坛子、举石锁、踩高跷、踏软绳之下。

　　为了四亿以上的人建筑一座运动场,不算奢侈。我参观过一座运动场,规模不算小,并且曾经用过一次,只是看台上已经长了好几尺高的青草,好像是要兼营牧畜的样子,我当时的感想,就和我有一次看见我们的一艘军舰的铁皮上长满海藻蚌蛤时的感想一般。

医生

医生是一种神圣的职业,因为他能解除人的痛苦,着手成春。有一个人,有点老毛病,常常发作,闹得死去活来,只要一听说延医,病就先去了八分,等到医生来到,霍然而愈,试脉搏听心跳完全正常,医生只好愕然而退,延医的人真希望病人的痛苦稍延长些时。这是未着手就已成春的一例。可是医生一不小心,或是虽已小心而仍然错误,他随时也有机会减短人的寿命。据说庸医的药方可以辟鬼,比钟馗的像还灵,胆小的夜行人举着一张药方就可以通行无阻,因为鬼中有不少生前吃过那样药方的亏的,死后还是望而生畏。医生以济世活人为职志,事实上是掌握着生杀的大权的。

说也奇怪,在舞台上医生大概总是由丑角扮演的。看过《老黄请医》的人总还记得那个医生的脸上是涂着一块粉的。在外国也是一样,在莫里哀或是拉毕施的笔下,医生也是令人啼笑皆非的人物。为什么医生这样的不受人尊敬呢?我常常纳闷。

大概人在健康的时候,总把医药看作不祥之物,就是有点头昏脑热,也并不慌,保国粹者喝午时茶,通洋务者服阿斯匹林,然后蒙头大睡,一汗而愈。谁也不愿常和医生交买卖。一旦病势转剧,伏枕哀鸣,深为造物小儿所苦,这时候就不能再忘记医生了。记得小时候家里延医,大驾一到,家人真是倒屣相迎,请入上座,捧茶献烟,环列伺候,毕恭毕敬,医生高踞上座并不谦让,吸过几十筒水烟,品过几盏茶,谈过了天气,叙过了家常，抱怨过了病家之多，此后才能开始他那一套望闻问切君臣佐使。再倒茶，再装烟，再扯几句淡话（这时节可别忘了偷偷的把"马钱"送交给车夫），然后恭送如仪。我觉得那威风不小。可是奉若神明也只限于这一短短的时期，一俟病人霍然，医生也就被丢在一旁。至于登报鸣谢悬牌挂匾的事，我总怀疑究竟是何方主使，我想事前总有一个协定。有一个病人住医院，一只脚已经伸进了棺木，在病人看来这是一件很关重要的事。在医生看来这是常见的事，老实说医生心里也是很着急的，他不能露出着急的样子，病人的着急是不能隐藏的，于是许愿说如果病瘥要捐赠医院若干若干，等到病愈出院早把愿心抛到九霄云外，医生追问他时，他说："我真说过这样的话吗？你看，我当时病得多厉害！"大概病人对医生没有多少好感，不病时以医生为不祥，既病则不能不委曲逢迎他，病好了就把他一脚踢开，人是这样的忘恩负义的一种动物，有几个人能像 Androclus 遇见的那只狮子？所以医生以丑角的姿态在舞台上出现，正好替观众发泄那平时不便表示的积愤。

可是医生那一方面也有许多蹩扭的地方，他若是登广告，和颜悦色的招来主顾，立刻有人要挖苦他："你们要找庸医么，打开报纸一看便是。"所以他被迫采取一种防御姿势，要相当的傲岸。尽管门口鬼多人少，也得作出忙的样子。请他去看病。他不能去得太早，要等你三催六请，像大旱后之云霓一般而出现。没法子，忙。你若是登门求治，挂号的号码总是第九十几号，虽然不至于拉上自己的太太小姐，坐在候诊室里来壮声势，总得摆出一种排场，令你觉得他忙，忙得不能和你多说一句话。好像是算命先生如果要细批流年须要卦金另议一般。不过也不能一概而论，医生也有健谈的，病人尽管愁眉苦脸，他能谈笑生风。我还知道一些工于应酬的医生，在行医之前，先实行一套相法，把病人的身份打量一番，对什么样的人说什么样的话。明明是西医，他对一位老太婆也会说一套阴阳五行的伤寒论，对于愿留全尸的人他不坚持打针，对于怕伤元气的人他不用泻药。明明的不知病原所在，他也得撰出一篇相当的脉案的说明，不能说不知道，"你不知道就是你没有本事"，说错了病原总比说不出病原令出诊费的人觉得不冤枉些。大概发烧即是火，咳嗽就是风寒，有痰就是肺热，腰疼即是肾亏，大致总没有错。摸不清病原也要下药，医生不开方就不是医生，好在符箓一般的药方也不容易被病人辨认出来。因为这种种情形的逼迫，医生不能不有一本生意经。

生意经最精的是兼营药业，诊所附设药房，开了方子立刻配药，几十个瓶子配来配去变化无穷，最大的成本是那盛药水的小瓶，收费言无二价。出诊的医生随身带着百宝箱，灵丹妙药一应俱全，更方便。连药剂师都自兼了。

天下是有不讲理的人，"医生治病不治命"，但是打医生摘匾的事却也常

中国20世纪名家散文经典

有。所以话要说在前头,芝麻大的病也要说得如火如荼不可轻视,病好了是他的功劳。病死了怪不得人。如果真的疑难大症撞上门来,第一步先得说明来治太晚,第二步要模棱的说如果不生变化可保无虞,第三步是姑投以某某药剂以观后果,第四步是敬谢不敏另请高明,或是更漂亮的给介绍到某某医院,其诀曰:"推"。

我并不责难医生。我觉得医生里面固然庸医不少,可是病人里面混虫也很多。有什么样子的病人就有什么样的医生,天造地设。

穷

人生下来就是穷的,除了带来一口奶之外,赤条条的,一无所有,谁手里也没有握着两个钱。在稍稍长大一点,阶级渐渐显露,有的是金枝玉叶,有的是"杂和面口袋"。但是就大体而论,还是泥巴里打滚袖口上抹鼻涕的居多。儿童玩具本是少得可怜,而大概其中总还免不了一具"扑满",瓦作的,像是陶器时代的出品,大的小的挂绿釉的都有,间或也有形如保险箱,有铁制的,这种玩具的用意就是警告孩子们,有钱要积蓄起来,免得在饥荒的时候受穷,穷的阴影在这时候就已罩住了我们!好容易过年赚来几块压岁钱,都被骗弄丢在里面了,丢进去就后悔,想从缝里倒出来是万难,用小刀拨也是枉然。积蓄是稍微有一点,穷还是穷。而且事实证明,凡是积在扑满里的钱,除了自己早早下手摔破的以外,大概后来就不知怎样就没有了,很少能在日后发生什么救苦救难的功效。等到再稍稍长大一点,用钱的欲望更大,看见什么都要流涎,手里偏偏是空空如也,那时候真想来一个十月革命。就是富家子也是一样,尽管是绮襦纨绔,他还是恨继承开始太晚。这时候他最感觉穷,虽然他还没认识穷。人在成年之后,开始面对着糊口问题,不但糊自己的口,还要糊附属人员的口,如果脸皮欠厚心地欠薄。再加上祖上是"忠厚传家诗书继世"的话,他这一生就休想能离开穷的掌握,人的一生,就是和穷挣扎的历史。和穷挣扎一生,无论胜利或失败,都是惨。能不和穷挣扎,或于挣扎之余还有点闲工夫作些别的事,那人是有福了。

所谓穷,也是比较而言。有人天天喊穷,不是今天透支,

就是明天举债，数目大得都惊人，然后指着身上衣服的一块补丁或是皮鞋上的一条小小裂缝作为他穷的铁证。这是寓阔于穷，文章中的反衬法。也有人量入为出，温饱无虞，可是又担心他的孩子将来自费留学的经费没有着落，于是于自我麻醉中陷入于穷的心理状态。若是西装裤的后方越磨越薄，由薄而破，由破而织，由织而补上一大块布，细针密缝，老远的看上去像是一个圆圆的箭靶（说也奇怪，人穷是先从裤子破起），那么，这个人可是真有些近于穷了。但是也不然，穷无止境。"大雪纷纷落，我住柴火垛，看你们穷人怎么过！"穷人眼里还有更穷的人。

　　穷也有好处。在优裕环境里生活着的人，外加的装饰与铺排太多，可以把他的本来面目湮没无遗，不但别人认不清他真的面目，往往对他发生误会（多半往好的方面误会），就是自己也容易忘记自己是谁。穷人则不然，他的褴褛的衣裳等于是开着许多窗户，可以令人窥见他的内容，他的荜门蓬户，尽管是穷气冒三尺，却容易令人发见里面有一个人。人越穷，越靠他本身的成色，其中毫无夹带藏掖。人穷还可落个清闲，既少"车马驻江干"，更不会有人来求谋事，讣闻请笺都不会常常上门，他的时间是他自己的。穷人的心是赤裸的，和别的穷人之间没有隔阂，所以穷人才最慷慨。金错囊中所余无几，买房置地都不够，反正是吃不饱饿不死，落得来个爽快，求片刻的快意。此之谓"穷大手"。我们看见过富家弟兄析产的时候把一张八仙桌子劈开成两半，不曾看见两个穷人抢食半盂残羹剩饭。

　　穷时受人白眼是件常事，狗不也是专爱对着鹑衣百结的人汪汪吗？人穷则颈易缩，肩易耸，头易垂，须发许是特别长得快，擦着墙边逡巡而过，不是贼也像是贼。以这种姿态出现，到处受窘。所以人穷则往往自然的有一种抵抗力出现，是名曰：酸。穷一经酸化，便不复是怕见人的东西。别看我衣履不整，我本来不以衣履见长！人和衣服架子本来是应该有分别的。别看我囊中羞涩，我有所不取；别看我落魄无聊，我有所不为，这样一想，一股浩然之气火辣辣的从丹田升起，腰板自然挺直，胸膛自然凸出，悲哀啸傲，无往不宜。在别人的眼里，他是一块茅厕砖——臭而且硬，可是，人穷而不志短者以此，布衣之士而可以傲王侯者亦以此，所以穷酸亦不可厚非，他不得不如此。穷若没有酸支持着，它不能持久。

　　扬雄有逐贫之赋，韩愈有送穷之文，理直气壮地要与贫穷绝缘，反倒被穷鬼说服，改容谢过肃之上座，这也是酸极一种变化。贫而能逐，穷而能送，何乐而不为？逐也逐不掉，送也送不走，只好硬着头皮甘与穷鬼为伍。穷不是罪过，但也究竟不是美德，值不得夸耀，更不足以傲人。典型的穷人该是颜回，一箪食，一瓢饮，在陋巷，不改其乐。不改其乐当然是很好，箪食瓢饮究竟不大好，营养不足，所以颜回活到三十二岁短命死矣。孔子所说"饭疏食饮水，曲肱而枕之，乐亦在其中矣"。譬喻则可，当真如此就嫌其不大卫生。

怒

一个人在发怒的时候,最难看。纵然他平夙面似莲花,一旦怒而变青变白,甚至面色如土,再加上满脸的筋肉扭曲,眦裂发指,那副面目实在不仅是可憎而已。俗语说,"怒从心上起,恶向胆边生",怒是心理的也是生理的一种变化。人逢不如意事,很少不勃然变色的。年少气盛,一言不合,怒气相加,但是许多年事已长的人,往往一样的火发暴躁。我有一位姻长,已到杖朝之年,并且半身瘫痪,每晨必阅报纸,戴上老花镜,打开报纸,不久就要把桌子拍得山响,吹胡瞪眼,破口大骂。报上的记载,他看不顺眼。不看不行,看了怄气。这时候大家躲他远远的,谁也不愿逢彼之怒。过一阵雨过天晴,他的怒气消了。

诗云:"君子如怒,乱庶遄沮;君子如祉,乱庶遄已。"这是说有地位的人,赫然震怒,就可以收拨乱反正之效。一般人还是以少发脾气少惹麻烦为上。盛怒之下,体内血球不知道要伤损多少,血压不知道要升高几许,总之是不卫生。而且血气沸腾之际,理智不大清醒,言行容易逾分,于人于己都不相宜。希腊哲学家哀皮克蒂特斯说:"计算一下你有多少天不曾生气。在从前,我每天生气;有时每隔一天生气一次;后来每隔三四天生气一次;如果你一连三十天没有生气,就应该向上帝献祭表示感谢。"减少生气的次数便是修养的结果。修养的方法,说起来好难。另一位同属于斯多亚派的哲学家罗马的玛可斯·奥瑞利阿斯这样说:"你因为一个人的无耻而愤怒的时

候,要这样的问你自己:'那个无耻的人能不在这世界存在么?那是不能的。不可能的事不必要求'。"坏人不是不需要制裁,只是我们不必愤怒。如果非愤怒不可,也要控制那愤怒,使发而中节。佛家把'瞋'列为三毒之一,"瞋心甚于猛火",克服瞋恚是修持的基本功夫之一。燕丹子说:"血勇之人,怒而面赤;脉勇之人,怒而面青;骨勇之人,怒而面白;神勇之人,怒而色不变。"我想那神勇是从苦行修炼中得来的。生而喜怒不形于色,那天赋实在太厚了。

　　清朝初叶有一位李绂,著《穆堂类稿》,内有一篇《无怒轩记》,他说:"吾年逾四十,无涵养性情之学,无变化气质之功,因怒得过,旋悔旋犯,惧终于忿戾而已,因以'无怒'名轩。"是一篇好文章,而其戒谨恐惧之情溢于言表,不失读书人的本色。

睡

我们每天睡眠八小时，便占去一天的三分之一，一生之中三分之一的时间于"一枕黑甜"之中度过，睡不能不算是人生一件大事。可是人在筋骨疲劳之后，眼皮一垂，枕中自有乾坤，其事乃如食色一般的自然，好像是不需措意。

豪杰之士有"闻午夜荒鸡起舞"者，说起来令人神往，但是五代时之陈希夷，居然隐于睡，据说"小则亘月，大则几年，方一觉，"没有人疑其为有睡病，而且传为美谈。这样的大量睡眠，非常人之所能。我们的传统的看法，大抵是不鼓励人多睡觉。昼寝的人早已被孔老夫子斥为不可造就。使得我们居住在亚热带的人午后小憩（西班牙人所谓 Siesta）时内心不免惭愧。后汉时有一位边孝先，也是为了睡觉受他的弟子们的嘲笑，"边孝先，腹便便，懒读书，但欲眠"。佛说在家戒法，特别指出"贪睡眠乐"为"精进波罗密"之一障。大盖倒头便睡，等着太阳晒屁股，其事甚易，而掀起被衾，跳出软暖，至少在肉体上作"顶天立地"状，其事较难。

其实睡眠还是需要适量。我看倒是睡眠不足为害较大。"睡眠是自然的第二道菜"：亦即最丰盛的主菜之谓。多少身心的疲惫都在一阵"装死"之中涤除净尽。车祸的发生时常因为驾车的人在打磕睡。衙门机构一些人员之一张铁青的脸，傲气凌人，也往往是由于睡眠不足，头昏脑涨，一肚皮的怨气无处发泄，如何能在脸上绽出人类所特有的笑容？至于在高位者，他们的睡眠更为重要，一夜失眠，不知要造成多少纰漏。

睡眠是自然的安排,而我们往往不能享受。以"天知地知我知子知"闻名的杨震,我想他睡觉没有困难,至少不会失眠,因为他光明磊落。心有恐惧,心有挂碍,心有忮求,倒下去只好辗转反侧,人尚未死而已先不能瞑目。庄子所谓"至人无梦",楞严经所谓"梦想消灭,寝寐恒一",都是说心里本来平安,睡时也自然踏实。劳苦分子,生活简单,日入而息,日出而作,不容易失眠。听说有许多治疗失眠的偏方,或教人计算数目字,或教人想象中描绘人体轮廓,其用意无非是要人收敛他的颠倒妄想,忘怀一切,但不知有多少实效,愈失眠愈焦急,愈焦急愈失眠,恶性循环,只好瞪着大眼睛,不觉东方之既白。

睡眠不能无床。古人席地而坐卧,我由"榻榻米"体验之,觉得不是滋味。后来北方的土炕砖炕,即较胜一筹。近代之床,实为一大进步。床宜大,不宜小。今之所谓双人床,阔不过四五尺,仅足供单人翻覆,还说什么"被底鸳鸯"?

莎士比亚《第十二夜》提到一张大床,英国 Ware 地方某旅舍有大床,七尺六寸高,十尺九寸长,十尺九寸阔,雕刻甚工,可睡十二人云。尺寸足够大了,但是睡上一打,其去沙丁鱼也几希,并不令人羡慕。讲到规模,还是要推我们上国的衣冠文物。我家在北平即藏有一旧床,杭州制,竹篾为绷,宽九尺余,深六尺余,床架高八尺,三面隔扇,下面左右床柜,俨然一间小屋,最可人处是床里横放架板一条,图书、盖碗、桌灯、四乾四鲜,均可陈列其上,助我枕上之功。洋人的弹簧床,睡上去如落在棉花堆里,冬日犹可,夏日燠不可当。而且洋人的那种铺被的方法,将身体放在两层被单之间,把毯子裹在床垫之上,一翻身肩膀透风,一伸腿脚趾戳被,并不舒服。佛家的八戒,其中之一是"不坐高广大床",和我的理想正好相反,我至今还想念我老家里的那张高广大床。

睡觉的姿态人各不同,亦无长久保持"睡如弓"的姿态之可能与必要。王右军那样的东床坦腹,不失为潇洒。即使佝偻着,如死蚯蚓,匍匐着,如癞虾蟆,也不干谁底事。北方有些地方的人士,无论严寒酷暑,入睡时必脱得一丝不挂,在被窝之内实行天体运动,亦无伤风化。唯有鼾声雷鸣,最使不得。宋张端义《贵耳集》载一条奇闻:"刘垂范往见羽士寇朝,其徒告以睡。刘坐寝外闻鼻鼾之声,雄美可听,曰:寇先生睡有乐,乃华胥调。"所谓"华胥调"见陈希夷故事,据《仙佛奇踪》,"陈搏居华山,有一客过访,适值其睡,旁有一异人,听其息声,以墨笔记之。客怪而问之,其人曰:'此先生华胥调混沌谱也。'"华胥氏之国不曾游过,华胥调当然亦无欣赏,若以鼾声而论,我所能辨识出来的谱调顶多是近于爵士新声,其中可能真有一"雄美可听"者。不过睡还是以不奏乐为宜。

睡也可以是一种逃避现实的手段。在这个世界活得不耐烦而又不肯自行退休的人,大可以掉头而去,高枕而眠,或竟曲肱而枕,眼前一黑,看不惯的事和看不入眼的人都可以暂时撇在一边,像驼鸟一般,眼不见为净。明陈继儒《珍珠船》记载着:"徐光溥为相,喜论事,大为李昱等所嫉,光溥后不言,每聚议,但假寐而已,时号睡相。"一个作到首相地位的人,开会不说话,一味假寐,真是懂得明哲保身之道,比危行言逊还要更进一步。这种功夫现代似乎尚未失传。

中国20世纪名家散文经典

懒

人没有不懒的。

大清早,尤其是在寒冬,被窝暖暖的,要想打个挺就起床,真不容易。荒鸡叫,由他叫。闹钟响,何妨按一下钮,在床上再赖上几分钟。白香山大概就是一个惯睡懒觉的人,他不讳言"日高睡足犹慵起,小阁重衾不怕寒"。他不仅懒,还馋,大言不惭的说:"慵馋还自哂,快乐亦谁知?"白香山活了七十五岁,可是写了两千七百九十首诗,早晨睡睡懒觉,我们还有什么说的?

嬾字从女(嬾字已简化为懒——编者),当初造字的人好像是对于女性存有偏见。其实勤与懒与性别无关。历史人物中,疏懒成性者嵇康要算是一位。他自承:"不涉经学,性复疏懒,筋驽肉缓,头面常一月十五日不洗,不大闷痒,不能沐也。每常小便,而忍不起,令胞中略转,乃起耳。"同时,他也是"卧喜晚起"之徒,而且"性复多虱,把搔无已"。他可以长期的不洗头、不洗脸、不洗澡,以至于浑身生虱!和扪虱而谈的王猛都是一时名士。白居易"经年不沐浴,尘垢满肌肤",还不是由于懒?苏东坡好像也够邋遢的,他有"老来百事懒,身垢犹念浴"之句,懒到身上蒙垢的时候才作沐浴之想。女人似不至此,尚无因懒而昌言无隐引以自傲的。主持中馈的一向是女人,缝衣捣砧的也一向是女人。"早起三光,晚起三慌"是从前流行的女性自励语,所谓三光、三慌是指头上、脸上、脚上。从前的女人,夙兴夜寐,没有不患睡眠不足的,上上下下都要伺候周到,还要揪着公鸡的尾巴就起来,来照顾她自己的"妇容"。头要梳,脸要洗,脚要裹。所以朝晖未上就花朵盛开的牵牛花,别称为"勤娘子",懒婆娘没有欣赏的份,大概她只能观赏昙花。时到如今,情形当然不同,我们放眼观察,所谓前进的新女性,哪一个不是生龙活虎一般,主内兼主外,集家事与职业于一身?世上如果真有所谓懒婆娘,我想其数目不会多于好吃懒作的男子汉。北平从前有一个流行的儿歌:"头不梳,脸不洗,拿起尿盆儿就舀米"是夸张的讽刺。懒字从女,有一点冤枉。

凡是自安于懒的人,大抵有他或她的一套想法。可以推给别人作的事,何必自己作?可以拖到明天作的事,何必今天作?一推一拖,懒之能事尽矣。自以为偶然偷懒,无伤大雅。而且世事多变,往往变则通,在推拖之际,情势起了变化,可能一些棘手的问题会自然解决。"不需计较苦劳心,万事原来有命!"好像有时候馅饼是会从天上掉下来似的。这种打算只有一失,因为人生无常,如石火风灯,今天之后有明天,明天之后还有明天,可是谁也不知道自己还有没有明天。即使命不该绝,明天还有明天的事,事越积越多,越多越懒得去作。"虱多不痒,债多不愁",那是自我解嘲!懒人作事,拖拖拉拉,到头来没有不丢三落四狼狈慌张的。你懒,别人也懒,一推再推,推来推去,其结果只有误事。

懒不是不可医,但须下手早,而且须从小处着手。这事需劳作父母的帮一把手。有一家三个孩子都贪睡懒觉,遇到假日还理直气壮的大睡,到时候母亲拿起晒衣服用的竹竿在三张小床上横扫,三个小把戏像鲤鱼打挺似的翻身而起。此后他们养成了早起的习惯,一直到大。父亲房里有几份报纸,欢迎阅览,但是他有一个怪毛病,任谁看完报纸之后,必须折好叠好放还原处,否则他就大吼大叫。于是三个小把戏触类旁通,不但看完报纸立即还原,对于其他家中日用品也不敢随手乱放。小处不懒,大事也就容易勤快。

我自己是一个相当的懒人,常走抵抗最小的路,虚掷不少的光阴。"架上非无书,眼慵不能看"(白香山句)。等到知道用功的时候,徒惊岁晚而已。英国十八世纪的绥夫特,偕仆远行,路途泥泞,翌晨呼仆擦洗他的皮靴,仆有难色,他说:"今天擦洗干净,明天还是要泥污。"绥夫特说:"好,你今天不要吃早餐了。今天吃了,明天还是要吃。"唐朝的高僧百丈禅师,以"一日不作,一日不食"自励,每天都要劳动作农事,至老不休。有一天他的弟子们看不过,故意把他的农具藏了起来,使他无法工作,他于是真个的饿自己一天没有进食。得道的方外的人都知道刻苦自律。清代画家石豀和尚在他一幅《溪山无尽图》上题了这样一段话,特别令人警惕:

大凡天地生人,宜清勤自持,不可懒惰。若当得个懒字,便是

中国 20 世纪名家散文经典

懒汉,终无用处。……残衲住牛首山房朝夕焚诵,稍余一刻,必登山选胜,一有所得,随笔作山水数幅或字一段,总之不放闲过。所谓静生动,动必作出一番事业。端教一个人立于天地间无愧。若忽忽不知,懒而不觉,何异草木!

一株小小的含羞草,尚且不是完全的"忽忽不知,懒而不觉!"若是人而不如小草,羞!羞!羞!

脏

普天之下以哪一个民族为最脏,这个问题不是见闻不广的人所能回答的。约在半个世纪以前,蔡元培先生说,"华人素以不洁闻于世界:体不常浴,衣不时干,咯痰于地,拭涕以袖,道路不加洒扫,厕所任其熏蒸,饮用之水不经渗漉,传染之病不知隔离。"这样说来,脏的冠军我们华人实至名归,当之无愧。这些年来,此项冠军是否一直保持,是否业已拱手让人,则很难说。

蔡先生一面要我们以尚洁互相劝勉,一面又鳃鳃过虑生怕我们"因太洁而费时",又怕我们因"太洁而使人难堪"。其实有洁癖的人在历史上并不多见,数来数去也不过南宋何佟之,元倪瓒,南齐王思远庾炳之,宋米芾数人而已。而其中的米芾"不与人共巾器",从现代眼光看来,好像也不算是"使人难堪"。所谓巾器,就是手巾脸盆之类的东西,本来不好共用。从前戏园里有"手巾把儿"供应,热腾腾香喷喷的手巾把儿从戏园的一角掷到另一角,也算是绝活之一。纵然有人认为这是一大享受,甚且认为这是国剧艺术中不可或缺的节目之一,我一看享受手巾把的朋友们之恶狠狠的使用它,从耳根脖后以至于绕弯抹角的擦到两腋生风而后已,我就不寒而栗,宁可步米元章的后尘而"使人难堪"。现代号称观光的车上也有冷冰冰香喷喷的小方块毛巾敬客,也有人深通物尽其用的道理,抹脸揩头,细吹细打,最后可能擤上一滩鼻涕,若是让米元章看到,怕不当场昏厥!如果大家都多多少少的染上一点洁癖,

中国20世纪名家散文经典

"使人难堪"的该是那些邋遢鬼。

人的身体本来就脏。佛家所谓"不净观",特别提醒我们人的"九孔"无一不是藏垢纳污之处,经常像臭沟似的渗泄秽流。真是一涉九想,欲念全消。我们又何必自己作践自己,特别作出一副腌臜相,长发披头,于思满面,招人恶心,而自鸣得意?也许有人要指出,"蓬首垢面而谈诗书",贤者不免"扪虱而言",无愧名士,"头面常一月十五日不洗,不太闷痒不能沐",也正是风流适意。诚然,这种古已有之的流风遗韵,一直到了晚近尚未断绝,在民初还有所谓什么大师之流,于将近耳顺之年,因为续弦才接受对方条件而开始刷牙。在这些固有的榜样之外,若是再加上西洋的堕落时髦,这份不洁之名不但闻于世界,且将永垂青史。

无论是家庭、学校、餐厅、旅馆、衙门,最值得参观的是厕所。古时厕所干净到什么地步,不得而知,我只知道豪富如石崇,厕所里侍列着丽服藻饰的婢女十余位,置甲煎粉沈香汁之属。王敦府上厕所有漆箱盛干枣,用以塞鼻。这些设备好像都是消极的措施。恶臭熏蒸,羼上甲煎粉沈香汁的香气,恐未必佳;至于鼻孔里塞干枣,只好张口呼吸,当亦于事无补。我们的文化虽然悠久,对于这一问题好像未曾措意,西学东渐之后才开始慢慢的想要"迎头赶上"。"全盘西化"是要不得的,所以洋式的卫生设备纵然安设在最高学府里也不免要加以中式的处理——任其渍污、阻塞、泛滥、溃决。脏与教育程度有时没有关系,小学的厕所令人望而却步,上庠的厕所也一样的不可向迩。衙门里也有人坐在马桶上把一口一口的浓痰唾到墙上,欣赏那像蜗牛爬过似的一条条亮晶晶的痕迹。看样子,公共的厕所都需要编制,设所长一人,属员若干,严加考绩,甚至卖票收费亦无不可。

离厕所近的是厨房。在家庭里大概都是建在边边沿沿不惹人注意的地方,地基较正房要低下半尺一尺的,屋顶多半是平台。我们的烹饪常用旺油爆炒,油烟薰渍,四壁当然黯淡无光。其中无数的蟋蟀蚂蚁蟑螂之类的小动物昼伏夜出,大量繁衍,与人和平共处,主客翕然。在有些餐厅里,为了空间经济,厨房厕所干脆不大分开,大师傅汗淋淋的赤膊站在灶前掌勺,白案子上的师傅吊着烟卷在旁边揉面,墙角上就赫然列着大桶供客方便。多少人称赞中国的菜肴天下独步,如果他在餐前净手,看看厨房的那一份脏,他的胃口可能要差一点。有一位回国的观光客,他选择餐馆的重要标准之一是看那里的厨房脏到什么程度,其次才考虑那里有什么拿手菜。结果选来选去,时常还是回到自己的寓所吃家常饭。

菜市场才是脏的集大成的地方。杀鸡、宰鸭、剖鱼,全在这里举行,血迹模糊,污水四溅。青菜在臭水沟里已经刷洗过,犹恐失去新鲜,要不时的洒上清水,斤两上也可讨些便宜。死翘翘的鱼虾不能没有冰镇,冰化成水,水

梁实秋散文集

流在地。这地方,地窄人稠,阳光罕至,泥泞久不得干,脚踏车摩托车横冲直撞没有人管,地上大小水坑星罗棋布,买菜的人没有不陷入泥淖的,没有人不溅一腿泥的。妙在鲍鱼之肆久而不觉其臭,在这种地方天天打滚的人久之亦不觉其苦,怕踩水可以穿一双雨鞋,怕溅泥可以罩一件外衣,嫌弄一手油可以顺便把手在任何柱子台子上抹两抹——不要紧的,大家都这样。有人倡议改善,想把洋人的超级市场翻版,当然这又是犯了一下子"全盘西化"的毛病,病在不合国情。吃如此这般的菜,就有如此这般的厨房,就有如此这般的菜市场,天造地设。

其实,脏一点无伤大雅,从来没听说过哪一个国家因脏而亡。一个个的纵然衣冠齐整望之岸然,到处一尘不染,假使内心里不大干净,一肚皮男盗女娼,我看那也不妙。

谈徐志摩

一

一九三二年十一月的一晚，我的青岛鱼山路四号的寓所有敲门声，时已十一点多钟，我已入睡，季淑说："这样晚还有客来？"我披衣下楼，原来是杨今甫（振声）先生派人送信来。纸条上写着："请示志摩沪寓地址。"我觉得奇怪，志摩时而在北平，时而在上海，但是多半时候是在北平，要他的上海住址作什么呢？我在条上批写："上海福煦新村×号"，上楼重复入寝。

第二天早晨，到青岛大学去上课，课毕踱到楼上校长室，想问个究竟。王秘书在外间办公，面对着窗，我没和他打招呼，一直冲进内间，今甫的脸色很严肃，这一回没有笑脸相迎，坐在转椅上发愣。他说："你知道了么，志摩死啦！"这真是晴天霹雳，我怔住了。我那时是个三十岁的人，从来没想到过"死"，而像志摩那样一个生龙活虎般的人如何能和"死"联在一起？

今甫说，他接到济南何仙槎厅长的电报，电文很简略，只是说："志摩乘飞机在开山失事，速示其沪寓地址。"飞机失事，当然乘客没有幸理。志摩已死，是一定的了。这消息很快的散布开，闻一多、赵太侔，都来了，相顾愕然，无话可说。一阵惊骇的寂静过去，我们商量应该作些什么事。最后决定由沈

从文尚赴济南探询一切。

沈从文一向受知于徐志摩。从北平晨报副刊投稿起,后来在上海新月杂志长期撰稿,以至最后被介绍到青岛大学教国文,都是志摩帮助推毂。所以志摩死耗给他的打击是相当沉重的。沈从文一声不响的立刻就到济南去了。他在济南盘旋了好几天,直等到志摩尸体运走安葬一切办完之后才回青岛。他有信给今甫报告详情。志摩是由沪搭飞机回北平,到泰山南一带,遇雾,误触开山山头,机身破毁,滚落于山脚之下,当即起火,志摩头部撞一巨洞,手足烧焦,为状至惨。何仙槎先生料理后事,最为出力。

提起志摩坐飞机,我就想起他对我一次的谈话。他说:"实秋,你坐过飞机没有?"我说我没有坐过,一来没有机会,二来没有必要,三来也太贵。"喂,你一定要试试看,哎呀,太有趣,御风而行,平稳之至,在飞机里可以写稿子。自平至沪,比朝发夕至还要快,北平吃早点,到上海吃午饭。太好。"在那时候,航空事业还不发达,一般人坐不起,同时也视为畏途,志摩飞来飞去,在一般文人里可谓开风气之先。但其中也是机缘凑巧,志摩有个朋友在航空公司(保君建),知道志摩在平沪两地经常奔波,便送了一张长期免票给他,没想到一番好意竟招致了灾祸。

为什么志摩要经常在平沪之间奔走?志摩住在上海已有好几年,起初是相当快乐的。后来朋友们纷纷都离开了上海。胡适之先生到北平作北大文学院长,胡先生是志摩的朋友,眼看着他孤零零的住在上海,而他的家庭状况又是非常不愉快,长久下去怕他要颓废,所以就劝他到北平去换换空气,在北大教书倒是次要的事。志摩身在北平,而心不能忘上海的家,月底领了薪金正好送到上海去。他经常往返平沪者以此。

志摩这一死,确实是死得不平凡。英国浪漫派诗人,如拜伦、雪莱、济慈,没有一个能享大寿。拜伦是三十六岁时死在希腊的,志摩也是三十六岁死。想他正在"乘风而行,泠然善也!"的当儿,心里一定是一片宁静,目旷神怡,也许家里的尴尬事早已撇到九霄云外,也许正在写诗,蓦然间轰然一响,飞机里天翻地覆,机身打个滚,然后是一团黑烟烈火!志摩在这几秒钟之间,受到了致命伤,可能没有太久的苦痛而即失去知觉。这种死法,固然很惨,但从另一方面看,也可以说是轰轰烈烈的。拜伦是志摩很崇拜的一位诗人,志摩的死也可以说是拜伦式的。济慈死得更年青。他给自己撰写的墓铭是:"这里睡着一个人,他的名字是写在水上了。"志摩的名字可以说是写在一团火焰里了。

附录:一九三二年十一月二十一日上海新闻报

中国航空公司京平线之济南号飞机,于十九日在济南党家庄

附近遇雾失事,机既全毁,机师王贯一、梁璧堂及搭客徐志摩,均同时遇难。华东社记者昨往公司方面及徐宅访问,兹将所得汇志如后,失事情形:济南号飞机于十九日上午八时,由京装载邮件四十余磅,由飞机师王贯一、副机师梁璧堂驾驶出发,乘客仅北大教授徐志摩一人拟去北平,该机于上午十时十分飞抵徐州,十时二十分由徐继续北飞,是时天气甚佳,不料该机飞抵济南五十里党家庄附近,忽遇漫天大雾,进退俱属不能。致触山顶倾覆,机身着火,机油四溢,遂熊熊不能遏止。飞行师王贯一、梁璧堂及乘客徐志摩遂同时遇难。办理善后事:后为津浦路警发觉,当即报告该地站长,遂由站长通知公司济南办事处,再由办事处电告公司,公司于昨晨接电后,即派美籍飞行师安利生乘飞机赴京,并转津浦车往出事地点,调查真相,以便办理善后。公司方面,并通知徐宅,徐宅方面,一方面既嘱公司代为办理善后,一方面亦已由徐氏亲属张公权君派中国银行人员赶往料理一切。公司损失:济南号机为司汀逊式,于十八年蓉沪航空公司管理处时向美国购入,马力三百五十匹,速率每小时九十哩,今岁始装换新摩托,甫於二月前完竣飞驶,不意偶遇重雾,竟致失事,机件全毁,不能复事修理,损失除邮件等外,计共五万余元……徐氏上星期乘京平线飞机来沪……才五六日,以教务纷烦,即匆匆拟返,不意竟罹斯祸……徐之乘坐飞机,系公司中保君建邀往乘坐,票亦公司所赠……票由公司赠送,盖保君方为财务组主任,欲借诗人之名以作宣传,徐氏留沪者仅五日。

二

我最初看见徐志摩是在一九二二年。那是在我从清华学校毕业的前一年。徐志摩刚从欧洲回来,才名籍甚。清华文学社是学生组织的团体,想请他讲演,我托梁思成去和他接洽,他立刻答应了。记得是一个秋天,水木清华的校园正好是个游玩的好去处,志摩飘然而至,白白的面孔,长长的脸,鼻子很大,而下巴特长,穿着一件绸夹袍,加上一件小背心,缀着几颗闪闪发光的纽扣,足登一双黑缎皂鞋,风神潇散,旁若无人。

清华高等科的小礼堂里挤满了人,黑压压的足有二三百人,都是慕名而来的听众。与其说"听众"不如说"观众",因为多数人是来看而不是来听的。志摩登台之后,从怀里取出一卷稿纸,大约有六七张,用打字机打好的,然后坐下来开始宣读他的讲稿。在宣读之前,他解释说:"我的讲题是'艺术与人生'Art and Life,我要按照牛津的方式,宣读我的讲稿。"观众并没有准备听

英语讲演，尤其没有准备听宣读讲稿。在牛津，学术讲演是宣读讲稿的，尤其是"诗学讲座"，像柏拉德来教授的讲演，那讲稿异常精彩，代表着多年的研究心得，讲完之后即可汇集付印成书。可是在我国情形便不同了，尽管讲者的英语发音够标准，尽管听者的了解程度够标准，但是在一般学校里尚无此种习惯。那天听众希望的是轻松有趣的讲演，至少不是英语的宣读讲稿，所以讲演一开始，后排座的听众便慢慢"开闸"。我勉强听完，但是老实讲我没有听懂他读的是什么。后来这篇讲稿经由当时在北平逗留的郁达夫之手发表在《创造季刊》的第二期上，还是英文的。我读过之后，知道那是通俗性的文章，并没有学术研究的意味，实在不必采用"牛津的方式"。无可置疑的，这一回讲演是失败的，我们都很失望。

我第二次见到志摩是在一九二六年，我刚从美国回来。是年夏，我在北平家里，接到他的一张请柬。

这张请柬很是别致，不是普通宴会的性质，署名的是志摩、小曼，小曼是谁？夏历七月七日，那不是"牛郎会织女"的日子么？打听之后，才知道这是志摩和陆小曼订婚日的宴客。我和志摩本不熟识，我回国后在酬酢中见过几面，在我未回国前曾投寄稿子到志摩主编的晨报副刊，而最重要的一点关系是我们有几位共同的朋友，如闻一多、赵太侔、余上沅，都是先我一年回国，而且与志摩是时常过从的，所以我一回国立刻就和志摩相识。他之所以寄给我一张请柬者以此。

北海有两个好去处，一个是濠濮间，曲折自然，有雅淡之趣，只是游人多了就没意思，另一个是北海董事会，方塘里一泓清水，有亭榭，有厅堂，因对外不开放，幽静宜人。那一天，可并不静，衣香钗影，士女如云，好像有百八十人的样子。在我这一辈中，我也许是最年纪小的一个（不，有一个比我还小两岁，那便是叶公超，当时大家都唤他为"小叶"），在这一集会中我见到许多人，如杨今甫、丁西林、任叔永、陈衡哲、陈西滢、唐有壬、邓以蛰，等等。我忝陪末座，却喝了不少酒。

听人窃窃私议，有人说志摩、小曼真是才子佳人，天作之合，也有人在讥讽，说小曼是有夫之妇，不该撇了她的丈夫王赓（受庆，西点毕业生），再试与有妇之夫的徐志摩结合。我的看法很简单，结婚离婚都仅是当事男女双方之事，与第三者何干？而一般人最喜欢谈论者莫过于别人的婚姻离合，可是其中的实在情形并不见得是大家所熟知的。志摩和小曼的结合，自是他一生中一件大事，其中的曲折，变化，隐情，我根本不大清楚。外面的传说，花样就多了。有些话是无中生有，有些话是事出有因，而经过播讲者加盐加醋的走了原样。现在大家一提起徐志摩，好像立刻就联想到陆小曼。直到如今，志摩已死了二十多年，最近在台北的联合报副刊上还看见有关他们的记载：

中国20世纪名家散文经典

最近看到几篇关于写徐志摩和陆小曼的文章,只是都很简略。而小曼的其人其事,实在不是简略概括得了的。现在笔者把个人所知道的事,来补充一些,当不至有蛇足之讥。

小曼幼时,异常聪慧活泼,他的父亲陆定,字建三,原籍武进,是前清举人,因其时废除科举,他就东渡日本,入帝国大学攻读,为日本名相伊藤博文的得意门生。他与曹汝霖、袁观澜、穆湘瑶等同班毕业。回国后,由同邑翰林汪洵介绍入度支部供职,先后任参事、赋税司长等二十余年,并参加国民党为党员。小曼生于上海,仅在上海幼稚园读过几年书,到八九岁时,才随了她的母亲到北平依其父度日,可是也没有进什么学校。这时候袁项城专政,严办党人,当风声紧急时,其父还把党政等物带在身上。有一天,他照例到部里去上班,小曼便说:"证章证件,带在身边,恐怕会发生危险,今天还是摘下藏在别的地方罢。"不料这天才出大门,即被警厅传去软禁,到了晚上,并来大批宪警包围寓所,搜索之余,又讯问小曼家中情形。以为在女孩子口中,容易得到真相。不料小曼态度大方,相机应对,自始至终,不露破绽;警方见查不出什么证据,把他压了三五天后即予释放。当时南北各报都谣传陆定已于某日被袁项城枪决了。

小曼十二岁的时候,一天到晚和仆女们嬉戏,父母交代些作的功课,一样也不依,其父气极,便将小曼捆了几下,她也不哭;可是从此便循规蹈矩的读起书来。再不和人家胡扯了。其父见孺子可教,乃聘英籍女教员来家,给她教授英文。因为她悟性好,又肯用功,进步之快,真有一日千里之势。到她十五六岁,英文论文,英文信札,已能意到笔随,平时手不释卷,那些名人著作,十九都已读过。同时她兼习法文,因之英法语言,都讲得流利到极点。而面目也长得越发清秀端庄,朱唇皓齿,婀娜娉婷,在北平的大家闺秀里,是数一数二的名姝。

这时候北平的外交部常常举行交际舞会,小曼是跳舞能手,假定这天舞池里没有她的倩影,几乎阖座为之不欢,中外男宾,固然为之倾倒,就是中外女宾,好像看见了她也目眩神迷,欲与一言以为快。而她的举措既得体,发言又温柔,仪态万方,无与伦比;所以向她父母亲求婚的,先后不知多少,她父母总是婉言拒绝,不肯把这一颗掌上明珠轻易许人。一九二〇年,有一位美国留学生叫王赓的(字受庆),回国不久。王本宦家子,后家道中落,才发奋出国,在美国西点大学毕业，与现在美国总统艾森豪为同班同学。此人学识优长，偶有一次代外交部翻译了几件长篇文件，顿时声誉鹊起，誉为文武全才。小曼之母，认王赓为东床袒腹，虽然王赓年龄长小曼七岁，她偏说这穷小子将来有办法。毫不迟疑的便把小曼许配了他。小曼听从父母之命，闪电与王赓订了婚。所有一切结婚用费，全由小曼的母家担任。从议婚至婚期，不到一个月，便在北平海军联欢社举行婚礼。仪式甚盛，单说女傧相就有九位之多。除曹汝霖、章宗祥、叶恭绰、赵桩年的小姐之外，还有英国小姐两位。中外来宾到场观礼的，足有好几千人；车水马龙，几乎把联欢社的房屋都挤破了。北平的社会，本来十分奢华，妇女衣着用品比上海还来得考究阔绰，所以那些要去吃喜酒的，个个都特定新装，争奇斗胜；而小曼更锦上添花，中西毕备。慢说自己穿的礼服，就是傧相也代定新衣，不知绞尽了多少家时装大师的脑汁，才算勉强称意。即此一端，也就可想见当日的排场了。

可是这位新郎的学问虽然优长，而应付女性却是完全外行，他有这样漂亮太太，还是手不释卷，并不分些工夫去温存一下。他在北大执了教鞭，整日埋头苦干。当局为了给他酬用，不久便发表他哈尔滨警察厅长；这虽是王赓平生最得意的时期，而小曼却依然住在北平母家，只是行动之间，已不像婚前拘谨。从前和她相识的，便得了机会，拼命的向她追求，其时，徐志摩便脱颖而出。徐是浙江硖石人，父亲徐申甫，是当地首富，兼在上海经商。志摩毕业于英国剑桥大学，回国后，在北京晨报当副刊主笔，颇负文名；与小曼见过几面，老早就拜倒石榴裙下，某一次义务演剧，内有"春香闹学"一阕，志摩饰老学究，小曼饰丫环，曲终人散，彼此竟种下情苗。志摩更利用王赓不善奉迎的罅隙，举凡王赓之短，他必续以所长，可恨侯门似海，两人不易见面，屡次干谒，均为门者挡驾。好在钱能通神，每次竟有行赂门公五百元，而谋一晤。丫环们又复环侍不去，甚至把进奉的巴黎香水名贵饰物，中途都为彼辈所匿，同时小曼送出去给志摩的情书，也被她们一并没收。小曼又无法启齿，只好在半夜里写好了英文信，乘隙自去投寄。他们的交往几经波折，彼此的热情，已臻不能遏止的程度，不但为小曼父母所知道，且也为王赓所略闻了。

有一天，王赓回家忽拔出手枪威胁小曼，要叫她说出这一段事实，小曼表面上当然只有屈服，唯双方感情，从此破裂。小曼父母，深恐闹出事来，想出先把志摩的交往遮断。遂决定带小曼暂回上

海家中小住,乃相率南下;不料火车刚到上海北站,小曼等在这节车厢下车。而志摩亦在另节车厢下车。同行的家人,只有面面相觑。后来因小曼过不惯上海的生活,急欲北上。王赓在这一时期,也谋到了孙传芳五省联军总司令部参谋长一席,立时要去到差。小曼便跟母亲,又到北平。亲友们已知道她与志摩的关系,都认为与其将来麻烦,倒不如早些离异。而王赓到差未久,亦为小曼逾闲而搞得神魂颠倒,经办的一件军火大事,几乎出了岔子。后虽苟全生命,但已焦头烂额失脸抛官。此人亦有自知之明,他每说"小曼这种人才,与我是齐大非偶的";所以回到北平,立时与小曼办好离婚手续,并面对志摩说:"我们大家是知识分子,我纵和小曼离了婚,内心并没有什么成见;可是你此后对她务必始终如一,如果你三心两意,给我知道,我定以激烈手段相对的。"其内心之痛苦,也就可想而知了。一·二八之役,国军已与日军接触,当局为慎重计,又派王赓到上海视察,他又没有办得好,几乎获罪。到抗战中期,他奉命参加中国派往美国的军事代表团,与熊式辉等联袂赴美,途中病殁于开罗。

徐志摩是使君有妇的人,不但有妻,且已有子,他的前妻便是上海银行界鼎鼎大名并在政治舞台上煊赫一时的张嘉璈之妹。但到了此时,也只好狠狠心肠,与前妻仳离。志摩之父气愤之余,从此就吃了长斋,不再过问其事。

志摩各方面安排妥当,即与小曼举行婚礼,并请梁任公为证婚人。梁是志摩的老师,在婚礼进行中,他引经据典的大训大骂,志摩自然听得面红耳赤,就是旁人也觉得不好意思,同时均认为任公在这大庭广众之间发这一套威风未免过火。志摩只好忍着惭怍,亲自趋前,向老师服罪,并觳觫的说:"请老师不要再讲下去了,顾全弟子一点面子罢。"梁听了这话,大概也觉得讲得过于不堪,以就趁此收煞。只是当天的婚礼状况,比之小曼与王赓婚礼,也不知道冷落了多少倍。好在一对新夫妇本来不过格于大礼,不能不举行这一个仪式,所以婚期一过,立时夫唱妇随的到上海去度蜜月。志摩好似舞台上的小丑,凡是小曼所喜欢的,固然唯命是从,就是小曼目使颐令只要他能力所及,就是肝脑涂地,也在所不惜。

小曼养尊处优,在北平就是出了名会花钱的小姐,既嫁志摩之后依然不事收敛。志摩只图娇妻心喜,当然也不肯稍有拂逆,向肩膀上负担,不由不一天天的加重起来。不久以后,志摩便在上海光华大学教授英文,同时在法租界花园别墅租好一座精致房屋,接小曼居住。行有余力，又赶写些诗文来换钱，一月所获，至少也有一千多元，而仍不敷日常所需与小曼的挥霍。亲戚朋友，都知道他入不敷出，同情他自己节俭，而太太会花钱。在北平的胡适博士，便邀他仍行北上，兼任他事，以增加收入。志摩为争取时间，即买好中国航空公司班机票，以便乘飞机往返。不料竟在济南上空的大雾中，误触高山，使这位年仅三十六岁近代数一数二的大诗人，与世长辞，这是大家所哀悼的。

小曼在未结婚前，上海已誉为交际花。后随志摩到沪，更是名满江南。当时有些阔太太，为募捐赈济而演义务戏，曾亲自登门，请她出来帮忙。首次出演于恩派亚大戏院，小曼先演昆戏中之《思凡》，后与江小鹣、李小虞合演《汾河湾》为大轴。嗣又在卡尔登大戏院演《玉堂春》，并与唐瑛等合演《贩马记》。在上海上流社会中，无分男女，闻小曼之名咸欲一睹颜色以为荣，而且每次义演，尽管有多少位名票在前，也必推她压轴，其实她于评剧一道，并无真实功夫，仅是在北平拾到一点牙慧，既没拜过老师，又没作过票友，这总是因生得漂亮，艳名轰传，先声夺人。唯她喜欢评剧倒是真的，尤喜欢捧坤伶，先后有小兰芬、容丽娟及马艳秋、马艳云姊妹、花翠兰、花玉兰姊妹、姚玉英、姚玉兰姊妹、袁美云、袁汉云姊妹等多人，均受过她的扶掖。其中马艳云、姚玉兰、袁美云，几乎全是她捧红的。她平时泼撒已惯，对于捧角，更是一掷千金，毫无吝啬。

她曾与唐瑛等在上海合资开过云裳服装公司，花样翻新。大多出自小曼的设计。她也喜欢绘画，曾师事贺天健。今日台湾，还有与她曾共砚席，研究丹青的人在。她十几岁时，便爱好音乐，其父为她请了一位英国音乐教师，在家中练习了多年，她很聪慧，所以有名乐章，什九都甚娴熟；故在志摩死后，她的胞弟效冰即很诚挚的对她说："你的品貌、学问、才干、声誉，没一样不出人头地，为什么不贡献给社会？也等于散散心，免得郁郁寡欢。而且知道你的人太多，他们将欢迎之不暇，也不会使你委屈，而你还是名利双收。"小曼听了，只淡淡的答着说："第一我不喜欢虚荣，第二我不会服侍人家。"盖其时已染有毒嗜，已渐入堕落之途。

王赓病殁开罗之后，他还有慈母在堂，王赓之妹，就是游弥坚的太太，因之这位老太太，便依其幼女度日。别的文章上说，志摩与小曼结婚时候，王赓曾在场作伴郎，引为笑话。其实，小曼的半生也就够戏剧化的了，如若把她编作电影的脚本，也是老少咸宜的一阕好戏，王赓虽称大度，却还不致在这一出戏中变成丑角的。

此文作者磊庵先生不知是谁，文中所记大致不错，也有些琐节不大正确，例如上海的云裳公司根本与陆小曼无关，那是志摩的前夫人张幼仪女士创设主持的。我无意于此考证此文之纰缪，所以亦不必多赘。不过梁任公先生在证婚时把新郎新娘大骂一顿倒是真有其事，我是从瞿菊农先生处听说的，他说任公先生那天声色俱厉，骂得志摩抬不起头，观礼的人也都为之大窘，其实任公先生事前已得志摩同意，要在大众面前以严师的姿态痛责他一番。"徐志摩，你这个人性情浮躁，所以在学问方面没有成就，你这个人用情不专，以致于离婚再娶……以后务要痛改前非，重新作人！"这些话骂得对，只有梁任公先生可以这样骂他，也只有徐志摩这样一个学生梁任公先生才肯骂。这真是别开生面的一场证婚。

志摩的婚姻问题还不这样简单。他和他的第一位夫人离婚，可是离婚之后还维持着相当好的友谊关系。这位原配张幼仪女士是张君劢、张嘉璈先生的胞妹，我在一九二六年夏天回国在上海访张嘉铸（禹九）先生未遇，听见楼上一位女士吩咐工友的声音："问清楚是找谁的，若是找八爷的，我来见。"我这是第一次见到这位二小姐。她是极有风度的一位少妇，朴实而干练，给人极好的印象。她在上海静安寺路开设云裳公司，这是中国第一个新式的时装公司，好像江小鹣先生在那里帮着设计，营业状况盛极一时，我带着季淑在那里作过一件大衣。在这期间，她住在海格路范园四号，在那里我常看见志摩出出进进，二小姐对他依然是嘘寒问暖，没有任何芥蒂的样子，大家都佩服她的落落大方的态度。她有一个儿子，乳名叫阿欢，学名叫积锴，字如孙，长得和志摩一模一样，长长的脸尖下巴。阿欢现已长大成人，在美国，并且也娶妻生子了，这是我前年听胡适之先生说的。志摩的尊翁好像是一直把张二小姐视为他家的少奶奶，对于陆小曼似乎是抱着一种不承认态度。徐先生有时候也住在范园。志摩死后，张二小姐在上海曾任女子储蓄银行总经理，有一次路过青岛还来看过我。大陆变色后她在香港寓居，前几年报载她得她儿子的同意和一位旅居香港的中医某先生结婚了。凡是认识她的人没有不敬重她的，没有不祝福她的。她没写过文章，她没作过宣传，她没说过怨怼的话，她沉默的坚强的度过她的岁月，她尽了她的责任，对丈夫的责任，对夫家的责任，对儿子的责任，然后她在自己的晚年寻得一个归宿。凡是尽了责任的人，都值得令人敬重。

三

徐志摩，名章垿，以字行，浙江硖石人。初就读于硖石开智学堂，十五岁

入杭州府中学,后改名为杭州一中。他在二十岁的时候与张幼仪女士结婚于硖石。翌年入北京大学。

在北京大学,志摩读了两年书,于一九一八年到美国入克拉克大学社会学系。在途中志摩撰写了一文致诸亲友,充分表现了少年徐志摩的抱负,文曰:

"诸先生既祖饯之,复临送之,其惠于摩者至,抑其期于摩者深矣。窃闻之,谋不出几席者,忧隐于眉睫,足不逾闾里者,知拘于蓬蒿。诸先生于志摩之行也,岂不日国难方兴,忧心如捣,室如悬罄,野无青草,嗟尔青年,维国之宝,慎尔所习,以骥我脑。诚哉,是摩之所以引惕而自励也。传曰:父母在,不远游。今弃祖国五万里,违父母之养,入异俗之城,舍安乐而耽劳苦,固未尝不痛心欲泣,而卒不得已者,将以忍小剧而克大绪也。耻德业之不立,遑恤斯须之辛苦,悼邦国之殄瘁,敢恋晨昏之小节,刘子舞剑,良有以也,祖生击楫,岂徒然哉?唯以华夏文物之邦,不能使有志之士,左右逢源,至于跋涉间关,乞他人之糟粕,作无谓之妄想,其亦可悲而可恸矣。垂髫之年,辄抵掌慷慨,以破浪乘风为人生至乐,今日出海以来,身之所历,目之所触,皆足悲哭呜咽,不自知涕之何从也,而何有于乐?我国自戊戌政变,渡海求学者,岁积月增。比其返也,与闻国政者有之,置身实业者有之,投闲置散者有之。其上焉者,非无宏才也,或蔽于利。其中焉者,非无积学也,或绌于用。其下焉者,非鲋涸无援,即枉寻直尺。悲夫!是国之宝也,而颠倒错乱若是。岂无志士,曷不急起直追,取法意大利之三杰,而犹徘徊因循,岂待穷途日暮而后奋博浪之椎,效韩安之狙,须知世杰秀夫不得回珠崖之飓,哥修士哥不获续波兰之祀,所谓青年爱国者何如?尝试论之:夫读书至于感怀国难,决然远迈。方其浮海而东也,岂不慨然以天下为己任,及其足履目击,动魄刿心,未尝不握拳呼天,油然发其爱国之忱,其竟学而归,又未尝不思善用其所学,以利导我国家。虽然,我徒见其初而已,得志而后,能毋徇私营利,犯天下之大不题者鲜为国宝者,咻咻乎不举其国而售之不止。即有一二英俊不谄之士,号呼奔走,而大厦将倾,固非一木所能支,且社会道德日益滔滔,庸庸者流引鸩自绝,而莫之止,虽欲不死得乎?窃以是窥其隐矣。游学生之不竞,何以故?以其内无所确持,外无所信约。人非生而知之,固将困而学之也。内无所持,故怯,故蔽,故易诱,外无所约,故贪,故谄,故披猖,怯则畏难而耽安,蔽则蒙利而蔑义,易诱

则天真日汩,嗜欲日深,腐于内则溃其皮,丧其本,斯败其行,食以求,谄以伎,放行无忌,万恶骈生,得志则祸天下,委伏则乱乡党,如水就下,不得其道则泛滥横溢,势也,不可得而御也。如之何则可,曰:疏其源,导其流,而水为民利矣。我故曰:必内有所确持,外有所信约者,此疏导之法也。庄生曰:'内外犍。'朱子曰:'内外交养'。皆是术也。确持奈何?言致其诚,习其勤,言诚自不期,言动自夙兴,庄敬笃励,意趣神明,志足以自固。识足以自察,恒足以自立,若是乎,金石可穿,鬼神可格,物虽欲厉之,容可得乎!信约奈何?人之生也,必有严师友督饬之,而后能规化于善。圣人忧民生之无度也,为之礼乐以范之,伦常以约之,方今沧海横流之际,固非一二人之力可以排异砥柱,必也集同志,严誓约,明气节,革弊俗,积之深,而后发之大,众志成城,而后可以有为于天下,若是乎,虽欲为不善,而势有所不能,而况益之以内养之功,光明灿烂,蔚为世表,贤者尽其才,而不肖者止于无咎,拨乾反正,雪耻振威,其在斯乎?其在斯乎?或曰:子言之易欤,行子之大者有之而未成也,奈何?然则必其持之未确也,约之未信也,偏于内则俭,骛于外则荥,世有英彦,必证吾言。况今日之世,内忧外患,志士贲兴,所谓时势造英雄也。时乎时乎,国运以苟延也今日,作波韩之续也今日,而今日之事,吾属青年实负其责,勿以地大物博,妄自夸诞,往者不可追,来者犹可谏。夫朝野之醉生梦死,固足自亡绝,而况他人之鱼肉我耶?志摩满怀凄怆,不觉其言之冗而气之激,瞻彼弁髦,愍如搗分,有不得一吐其愚以商榷于我诸先进之前也。摩少鄙,不知世界之大,感社会之恶流,几何不丧其所操,而入醉生梦死之途,此其自为悲怜不暇,故益自奋勉,将悃悃 愊愊,致其忠诚,以践今日之言,幸而有成。亦所以答诸先生期望之心于万一也。八月三十一日徐志摩在太平洋舟中记。"

这是少年徐志摩初出国门时的心情!爱国之心溢于言表,在文章上在思想上都可以看出梁任公先生的影响,这时候志摩是刚刚拜在任公先生门下,他对任公先生是极为崇拜的。老实讲,那一时代的青年,谁又不崇拜任公先生?我把这一篇文章全部引录在此,因为这是青年徐志摩的最好的一幅自画像,而一般谈论徐志摩的人往往忽略了这一段。

志摩的原籍浙江硖石,是一个镇,在沪杭铁路线上。我每次乘车经过那里,只看见车站的背景有一段矮矮的乱石堆砌的山,似乎没有什么风景。我曾想,诗人从小居留的地方一定也有异于寻常的特点。"怪底诗思清澈骨,

门对寒流雪满山"好像是咏叹岑嘉州的句子,志摩的生身地谅必也风景不恶。我曾屡次对志摩提议,什么时得便陪我们到硖石一游,他很欣然应诺,但是始终没有实践诺言。志摩是个慷慨好客的人,我们大家都忙,如果催他一下,他一定会约我们去小作勾留,也许那地方无甚可观,所以就提不起兴趣。《志摩日记》一三七页有这样的一段:

> 首次在沪杭道上看见黄熟的稻田与错落的村舍,在一碧无际的天空下静着,不由的思想上感着一种解放:何妨赤了足,作个乡下人去,我自己想。但这暂时是作不到的,将来也许真有"退隐"的那一天。现在重要的事情是,前面说过的养字,对人对己的尽职,我身体也不见佳,像这样下去决没有余力可以作事,我着实有了觉悟,此去乡下,我想找点儿事作。我家后面那园,现在糟得不堪,我想去收拾它,好在有老高与家麟帮忙,每天花它至少两个钟头,不是自己动手就督饬他们干净那块地,爱种什么就种什么,明年春天可以看自己手种的花,明年秋天也许可以吃到自己手植的果,那不有意思?

家后面还有偌大的园,想来是一个颇为富有的大宅子。志摩是希望将来有一天"退隐"到家园里来,写这日记时不过是偶然兴起"田园将芜"之思罢了。

志摩的尊君申如先生,我曾见过几次。记得有一天,志摩告诉我:"喂,实秋,望平街一家素菜馆的'翡翠饭'可真好吃,明天午间我请你去尝一尝。"我第二天去了。

遇见徐老先生,在座的有张家的几位先生小姐。徐老先生胖胖的一位老者,头上没有几根发,花白色的,下巴也是很大,浑身肌肉有些松懈,尤其是腹部有些下垂,是典型的一位旧式的商业中人。好像他是茹素的。据说他在上海开设着票庄银号,在营业上颇为成功。

一个人的性格品质,以及在行为上的作风,与他的出身和门第是有相当关系的。例如,我们另外有一位朋友,风流潇洒,聪颖过人,受过最好的西方教育,英文造诣特佳,照理讲他应该能成为一个有成就的学者或文人,但是他爱慕的是虚荣和享受,一心的想要猎官,尤其是外交官,后来虽然如愿以偿,可是终归一蹶不振,蹭蹬无闻。据有资格批评他的一个人说,这一部分应该归咎于他的家世,良好的教育未能改变他的庸俗的品质。他家在一个巨埠开设着一爿老牌的酱园。我不相信一个人的家世必能规范他的人格。但是我也不能否认家庭环境与气氛对一个人的若干影响。志摩出自一个富

裕的商人之家,没有受过现实的生活的煎熬,一方面可说是他的幸运,因为他无需为稻粱谋,他可以充分的把时间用在他所要致力的事情上去,另一方面也可说是不幸,因为他容易忽略生活的现实面,对于人世的艰难困苦不易有直接深刻的体验。《志摩日记》一九一八年十月十一日有这样的一段:

> 与适之经农,步行去民厚里一二一号访沫若,久觅始得其居。沫若自应门,手抱襁褓儿,跣足,敝服(旧学生服)状殊憔悴,然度额宽颐,怡和可识。入门时有客在,中有田汉,亦抱小儿,转顾间已出门引去,仅记其面狭长。沫若居至隘,陈设亦杂,小孩屡杂其间,倾倒须父抚慰,涕泗亦须父揩拭,皆不能说华语;厨下木屐声卓卓可闻,大约即其日妇。坐定寒暄已,仿吾亦下楼,殊不话谈,适之虽勉寻话端以济枯窘,而主客似有冰结,移时不涣。沫若时含笑睇视,不识何意。经农竟喋不吐一字,实亦无从启端。五时半辞出,适之亦甚讶此会之窘,云上次有达夫时,其居亦稍整洁,谈话亦较融洽。然以四手而维持一日刊,一月刊,一季刊,其情况必不甚愉适,且其生计亦不裕,或竟窘,无怪以狂叛自居。

创造社等人的生活状况,和志摩的,真是一个强烈的对比。这湫隘的住处,我也在一九二一年左右去过,民厚里是在哈同路,有民厚南里民厚北里,里内支弄甚多,纵横通达,一律是一楼一底房,是上海标准的上等贫民窟,的确是很难寻觅其门。我记得有一年暑假,我初访其处,那情形和志摩所描写的一模一样,只是创造社的几位作者均在,坚留午餐,一日妇曳花布和服,捧上一巨盆菜,内容是辣椒炒黄豆芽,真正是食无兼味,当天晚上以宴我为名到四马路会宾楼狂吃豪饮,宾主尽醉,照例的由泰东书局的老板赵南公付账。困苦的生活所培养出来的一股"狂叛"的精神,是很可惋惜的,但是席丰履厚的生活,所育煦出来的那种对"梦想的神圣境界"之追求,又何曾是健全的态度? 二者都是极端,所以我说成一强烈的对比。

有人说志摩是纨绔子,我觉得这是不公道的。他专门学的学科最初是社会学,有人说后来他在英国学的是经济,无论如何,他在国文、英文方面的根底是很结实的。他对国学有很丰富的知识,旧书似乎读过不少,他行文时之典雅丰瞻即是明证。他读西方文学作品,在文字的了解方面没有问题,口说亦能达意。在语言文字方面能有如此把握,这说明他是下过功夫的。一个纨绔子能作得到么? 志摩在几年之内发表了那么多的著作,有诗,有小说,有散文,有戏剧,有翻译,没有一种形式他没有尝试过,没有一回尝试他没有出众的表现。这样辛勤的写作,一个纨绔子能作得到么? 志摩的生活

态度,浪漫而不颓废。他喜欢喝酒。颇能豁拳,而从没有醉过;他喜欢抽烟,有方便的烟枪烟膏,而他没有成为瘾君子;他喜欢年青的女人,有时也跳舞,有时也涉足花丛,但是他没有在这里面沉溺。游山逛水是他的嗜好,他的友朋大部分是一时俊彦,他谈论的常是人生哲理或生活艺术,他给梁任公先生作门生,与胡适之先生为腻友,为泰戈尔作通译,一个纨绔子能作得了么?总之,平心而论,他的优裕的家境并不曾糟塌了他,相反的,他的文学上的成就,倒可以说是一部分得力于他的家境。至于他的整个思想的趋势是否健全,他的为人态度是否严肃,那是另一问题了。

四

我数十年来奔走四方,遇见的人也不算少,但是还没见到一个人比徐志摩更讨人欢喜。讨人欢喜不是一件容易事,须要出之自然,不是勉强造作出来的。必其人本身充实,有丰富的情感,有活泼的头脑,有敏锐的机智,有广泛的兴趣,有洋溢的生气,然后才能容光焕发,脚步矫健,然后才能引起别人的一团高兴。志摩在这一方面可以说是得天独厚。

一九二七年春,国民革命军北伐,占领南京,当时局势很乱,我和季淑方在新婚,匆匆由南京逃到上海,偕行的是余上沅夫妇。同时北平学界的朋友们因为环境的关系纷纷离开故都。上海成为比较最安定的地方,很多人都集中在这地方。"新月书店"便是在这情形下在上海成立的。"新月社"原是在北平创立的,是一种俱乐部的性质,是由一批银行界的开明人士及一些文人共同组织的,志摩当然是其中的主要分子,"新月"二字便是由泰戈尔诗集《新月集》套下来的。上海的新月书店和北平新月社,没有正式关联。新月书店的成立,当然是志摩奔走最力,邀集股本不过两千元左右,大股一百元,小股五十元,在环龙路环龙别墅租下了一幢房屋。余上沅夫妇正苦无处居住,便住在楼上,名义是新月书店经理,楼下营业发行。当时主要业务是发刊新月杂志。参加业务的股东有胡适之先生、志摩、上沅、丁西林、叶公超、潘光旦、刘英士、罗努生、闻一多、饶子离、张禹九和我。胡先生当然是新月的领袖,事实上志摩是新月的灵魂。我们这一群人,并无严密组织,亦无任何野心,只是一时际会,大家都多少有自由主义的倾向,不期然而然的聚集在一起而已。后来业务发展,便在四马路租下了铺面,正式经营出版业务,以张禹九为经理,我任编辑。

志摩的人缘好极了。胡适之先生在他死后为文纪念说:"这十几天里,常有朋友到家里来,谈起来常常有人痛哭。在别处痛哭他的,一定还不少。志摩所以能使朋友这样哀念他,只因为他为人整个的只是一团同情心,只是

一团爱。"叶公超先生说:"他对于任何事,从未有过绝对的怨恨,甚至于无意中没有表示过一些憎嫉的神气。"陈通伯先生说:"尤其朋友里缺不了他。他是我们的连索,他是粘着性的,发酵性的,在这七八年中,国内文艺界里起了不少的风波,吵了不少的架,许多很熟的朋友往往弄得不能见面。但我没有听见有人怨恨过志摩,谁也不能抵抗志摩的同情心,谁也不能避开他的粘着性。他才是和事的无穷的同情,他总是朋友中间的'连索'。他从没有疑心。他从不会妒忌。他使这些多疑善妒的人们十分惭愧,又十分羡慕。"这几位先生的见证都是非常恰当的。

我记得,在一九二八、一九二九年之际,我们常于每星期六晚在胡适之先生极斯菲尔路寓所聚餐,胡先生也是一个生龙活虎一般的人,但于和蔼中寓有严肃,真正一团和气使四座并欢的是志摩。他有时迟到,举座奄奄无生气,他一赶到,像一阵旋风卷来,横扫四座,又像是一把火炬把每个人的心都点燃,他有说,有笑,有表情,有动作,至不济也要在这个的肩上拍一下,那一个的脸上摸一把,不是腋下夹着一卷有趣的书报,便是袋里藏着一扎有趣的信札,传示四座,弄得大家都欢喜不置。他的这种讨人欢喜的风度常使我忆起《世说新语》里所记载的王导:

> 王丞相拜扬州,宾客数百人,并加沾接,人人有说色。唯有临海一客,姓任,及数胡人,为未洽。公因便还到任边云"君出临海,便无复人。"任大喜说。因过胡人前,弹指云:"兰阇、兰阇",群胡同笑,四座并欢。

照顾宾客,使无一人向隅,这是精力充沛的表现。怪不得志摩到处受人欢迎。志摩有六朝人的潇洒,而无其怪诞。

新月杂志初办时,志摩过于热心,有时不免在手续上不大讲究,令人觉得他是在独断独行,颇引起一部分同仁不满。其实他是毫无成见的。日子久了,接触多了,彼此之间的冰冷与误会都被他的热情给融化了。新月同仁一直和谐无间,从没有起过什么争执,一直到后来大家都离开上海以至无疾而终,大部分要归功于志摩的发生"连索"效用。

有一天志摩到我的霞飞路寓所来看我,看到桌上有散乱的围棋残局,便要求和我对弈,他的棋力比我高,下子飞快,撒豆成兵一般,常使我穷于应付,下至中盘,大势已定,他便托故离席,不计胜负。我不能不佩服他的雅量。他很少下棋,但以他的天资,我想他很容易成为此道中的高手。至少他的风度好。

志摩好动,他闲不得。有一天已夜晚十一时许,他乘兴来看我,只见门外的百叶长窗虚掩着,灯光自隙间外露,他想吓我一跳。突然把门拉开,大叫一声,拔腿便跑,据他说原来是他看到了有两个不相识的年青人(一男一女)从一只单人沙发上受惊跃起。这时候我早已在楼上睡了。受惊的是楼下的一对,但是更受惊的该是志摩自己。他心头突突跳,信步走到我家附近的另一位单身朋友家,他从后门闪入,径自登楼,一看寝室里黑黝黝,心想这家伙睡了,来吓他一下,顺手把门框上电灯开关一拧,不觉又失声大叫,原来床上不仅是一个人在睡,这一惊非同小可,跟跄下楼,一口气跑回家,乖乖的自己去睡了。这件事他从未对外声张,只是事后悄悄的告诉了我,他说:"以后我再也不敢在黑夜闯进人家去了。"我叙述这一件故事,以见其人之风趣的一斑。

　　一九二八年十二月,志摩欧游前一日给林语堂先生写白居易新丰折臂翁,林先生于一九三六年正月十三日跋云:"志摩,情才,亦一奇才也,以诗著,更以散文著,吾于白话诗念不下去,独于志摩诗念得下去。其散文尤奇,运句措辞,得力于传奇,而参任西洋语句,了无痕迹。然知之者皆谓其人尤奇。志摩与余善,亦与人无不善,其说话爽,多出于狂叫暴跳之间,乍愁乍喜,愁则天崩地裂,喜则叱咤风云,自为天地自如。不但目之所痛,且耳之所过,皆非真物之状,而志摩心中之所幻想之状而已。故此人尚游,疑神、疑鬼,尝闻黄莺惊跳起来,曰:'此雪莱之夜莺也。'"志摩的字颇娟秀,有时酷似郑孝胥。林语堂先生的描写亦颇传神。凡知志摩者,盖无不有一深刻之印象。

五

　　徐志摩是一个彻底的浪漫主义者。

　　胡适之先生对于徐志摩的总评是不错的。胡先生说:"他的人生观真是一种'单纯信仰',这里面只有三个大字,一个是爱,一个是自由,一个是美。他梦想这三个理想的条件能够会合在一个人生里,这是他的单纯信仰。他的一生的历史,只是他追求这个'单纯信仰'的实现的历史。"不过,"三个大字,一个是爱,一个是自由,一个是美"的"单纯信仰",如果真正的恰如其分的加以解释,其内容并不简单。所谓爱,那是广大无边的,耶稣上十字架是为了爱,圣佛兰亚斯对鸟说教也是为了爱,中古骑士为了他的情人而赴汤蹈火也是为了爱。爱的对象、方式、意义,可能有许多的分别。至于自由,最高贵的莫过于内心的选择的意志自由,最普通的是免於束缚的生活上的自由,放浪形骸之外而高呼"礼教岂为我辈设哉!",那也是企求自由。讲到美,一只匀称的希腊古瓶是美,蒙娜丽沙的微笑也是美,山谷间刈谷者的歌唱是

美,平原上拾穗者的佝偻着身子也是美,乃至于一个字的声音,一朵花的姿态,一滴露水的闪亮,无一不是美。"爱,自由,美,"所包括的东西太多,内涵太富,意义太复杂,所以也可说是太隐晦太含糊,令人捉摸不定。志摩的单纯信仰,据我看,不是"爱,自由与美,"三个理想,而是"爱,自由与美"三个条件混和在一起的一个理想,而这一个理想的实现便是对于一个美妇人的追求。不要误会,以为我是指志摩为沉溺于"诗、酒、妇人"的颓废派,不,任谁也可以看出志摩不是颓废的享受者。他喜欢享受,可是谁又不喜欢享受?志摩在实际生活上的享受是正常的,并不超越常轨,也不逸出他的身份。他于享受之外,还要求一点点什么,无以名之,名之为"理想",那理想究竟是什么,能不能一加分析呢?志摩曾把自己一剖再剖,但始终没有剖析到他自己所那样珍视的理想。我们客观的看,无所文饰亦无所顾忌,志摩的理想实际即等于是与他所爱的一个美貌女子自由的结合。

和一个心爱的美貌女子自由的结合,乃是一个最平凡的希望,随便哪一个男子都有这样的想头。择偶、结婚、传宗接代,这是最平凡的事。但是,如果像志摩那样把这种追求与结合视为"生命之曙光,不世之荣业"那样的夸张,可就不平凡了。志摩的单纯信仰,换个说法,即是"浪漫的爱"。

浪漫的爱,有一最显著的特点,就是这爱永远处于可望而不可及的地步,永远存在於追求的状态中,永远被视为一种极圣洁极高贵极虚无缥缈的东西。一旦接触实际,真个的与这样一个心爱的美貌女子自由结合,幻想立刻破灭。原来的爱变成了恨,原来的自由变成了束缚,于是从头来再开始追求心目中的"爱,自由与美"。这样周而复始的两次三番演下去,以至于死。在西洋浪漫派的文学家里,有不少这种"浪漫的爱"的实例。雪莱、拜伦、朋士(Burns)、Novalis,乃至卢梭,都是一生追逐理想的爱的生活,而终于不可得。他们爱的不是某一个女人,他们爱的是他们自己内心中的理想。这样的人在英文叫作 nympholept,勉强译作"狂想者"。

梁任公先生真不愧为一个目光如炬的稳健的思想家。他于志摩、小曼结婚典礼中致严厉的训词,是不足为怪的,因为他在事前对于志摩已有诚挚的警告,他于一九二三年一月二日致函志摩:

> 其一,万不容以他人之苦痛,易自己之快乐。弟之此举其于弟将来之快乐能得与否,殆茫如捕风,然先已予多数人以无量之苦痛。
> 其二,恋爱神圣为今之少年所乐道。……兹事盖可遇而不可求。……况多情多感之人,其幻象起落鹘突,而得满足得宁帖也极难。所梦想之神圣境界恐终不可得,徒以烦恼终其身已耳。
> 呜呼,志摩,天下岂有圆满之宇宙?……当知吾侪以不求圆满

为生活态度，斯可以领略生活之妙味矣。……若沉迷于不可必得之梦境，挫折数次，生意尽矣。郁悒侘傺以死。死为无名。死犹可也，最可畏者，不死不生而堕落至不复能自拔。呜呼，志摩，可无惧耶？可无惧耶？"

任公先生的话是对的。事实证明他不幸而言中。但当时对于浪漫的爱之追求者，是听不入耳的。志摩的回答是："我之甘冒世之不韪，竭全力以斗者，非特求免凶惨之苦痛，实求良心之安顿，求人格之确立，求灵魂之救度耳。……我将于茫茫人海中访我唯一灵魂之伴侣；得之，我幸；不得，我命，如此而已！""灵魂"之为物，本来就玄妙，再要找"灵魂之伴侣"，岂不难上加难？我们自然佩服志摩之真诚与勇气，但是我们亦不能轻易表示同情于一个人之追求镜花水月。一个人要有理想以为生活之鹄的，但是那理想需要慎加分析，是否在现实的世界里有实现之可能。把自己的生命和前途，寄托在对"爱、自由、美"的追求上，而"爱、自由、美"又由一个美貌女子来作为象征，无论如何是极不妥当的一种人生观。

若说志摩之憧憬自由仅限于爱情方面，显然是不合事实的。像一切浪漫主义者一样，志摩向往一切方式的自由。下面这一段话是他最好的自白：

"是人没有不想飞的。老是在这地面上爬着够多厌烦，不说别的。飞出这圈子，飞出这圈子！到云端里去，到云端里去！哪个心里不成天千百遍的这么想飞上天空去浮着，看地球这弹丸在太空里滚着，从陆地看到海，从海再看回陆地。凌空去看一个明白——这才是作人的趣味，作人的权威，作人的交代。这皮囊要是太重挪不动，就掷了它，可能的话，飞出这圈子，飞出这圈子！"

的确是，想飞是人人有的愿望。我小时候常作梦，一作梦就是飞，一跺脚就离地一尺多高，再一扑通就过墙了，然后自由翱翔在天空里，非常适意。有时在梦里飞不起来，飞到三四尺高就掉下来，怎样挣扎也不中用，第二天早晨醒来便头痛欲裂。这样想飞的梦，我足足作了有十年八年之久。虽说这只限于梦，虽说这只是潜意识的活动，但也影响到我的思想。我译过巴利的《潘彼得》，是一部童话，也是只有成年人才能充分赏识的童话，里面的那个永远长不大的孩子潘彼得，真是令每一个成年人羡煞而又愧煞的角色！这一部《潘彼得》撩起了我对童年和纯洁天真的向往。其实哪一个人在人生的坎坷的路途上不有过颠踬？哪一个不再憧憬那神圣的自由的快乐的境界？不过人生的路途就是这个样子，抱怨没有用，逃避不可能，想飞也只是一个梦想。人生是现实的，现实的人生还需要现实的方法去处理。偶然作

个白昼梦,想入非非,任想象去驰骋,获得一时的慰安,当然亦无不可,但是这究竟只是一时有效的镇定剂,可以暂时止痛,但不根本治疗。人生的路途,多少年来就这样的践踏出来了,人人都循着这路途走,你说它是蔷薇之路也好,你说它是荆棘之路也好,反正你得乖乖的把它走完。所以,想飞的念头尽管有,可是认真不得。如果真以为诗是有翅膀的,能把诗人带起到天空,海阔天空的俯瞰这乌烟瘴气的人间世,而且能长久的凭虚御空,逍遥于昊天之上,其结果一定是飞得越高,跌得越重,血淋淋的跌在人生现实的荆棘之上,像徐志摩那样! 这也是一切浪漫诗人的公式,不独志摩为然。

梁任公先生说过,人生最快乐的事莫过把应尽的责任尽完。他揭橥"责任"二字为人生最重要的一件事,此事一毕,了无遗憾,真是一个最稳健的看法。浪漫主义者的看法,恰恰与此相反。伯朗宁有一首小诗,名为《至善之境》(Summum Bonum)他说:

真理,比宝石还光亮,
信任,比珍珠还纯洁,——
宇宙间最光亮最纯洁的信任——我认为
全存在於一个女人的亲吻里。

把一个女人的亲吻放在一切伦理价值之上,实在是一个最大胆的浪漫的夸张! 志摩日记在一九二五年八月十九日记载着:"须知真爱不是罪(就怕爱不真,作到真的绝对义才作到爱字),在必要时我们得以身殉,与烈士们爱国,宗教家殉道,同是一个意思。""同是一个意思",也许是的,但是在伦理价值上,能等量齐观么?

浪漫的梦经不起现实的打击。志摩是一个绝顶聪明的人,并且不是一个没有胆量认错的人,所以他很快的承认了他的失败,胡适之先生曾指出下面一首《生活》的诗为他自承失败的证据;

阴沉,黑暗,毒蛇似的蜿蜒,
生活逼成了一条甬道:
一度陷入,你只可向前,
手扪索着冷壁的粘潮,
在妖魔的脏腑内挣扎,
头顶不见一线的天光,
这魂魄,在恐怖的压迫下,
除了消灭更有什么愿望?

这几行诗是纪实的,志摩临死前几年的生活确是濒临腐烂的边缘,不是一个敏感的诗人所能忍受的,所以他毅然决然的离开上海跑到北平。谁又想得到希望有"一个真的复活的机会"的人,竟根本丧掉了生命,永远不能得到机会呢?

六

志摩的作品,最大的成就是在新诗方面。他的第一部诗集《志摩的诗》,是他自己印的,中华书局出版,连史纸,中式线装,仿宋体的字,古色古香。以后几部诗集,《翡冷翠的一夜》《猛虎集》《云游》,都是在上海新月书店印的。《志摩的诗》最先出,也是比较最弱的,以后的作品渐臻于成熟之境。

志摩有天生的诗人的气质。他对于生活的兴趣异常浓厚,他看见什么东西都觉得有意思。所以他的诗取材甚广。他爱都市,也爱乡野,喜欢享受物质文明,也喜欢徜徉于山水之间,他描写丑陋的。他常常留连在象牙之塔里,但是对社会政治也偶然有正义的流露。这是最好的诗人气质,能这样才能充实,"充实之谓美"。

志摩的诗之异于他人者,在於他的丰富的情感之中带着一股不可抵拒的"媚"。这妩媚,不可形容,你不会觉不到,它直诉诸你的灵府。从表面上看,这妩媚的来源可能是他的文字运用之巧妙。陆小曼说:"他的诗比一般的来得俏皮,真是像活的一样,字用得特别美,神仙似的句子,叫人看了神往,忘却人间有烟火气。"这话是对的,我还嫌不够。志摩的诗是他整个人格的表现,他把全副精神都注入了一行行的诗句里,所以我们觉得在他诗的字里行间有一个生龙活虎的人在跳动,他的音容、声调、呼吸,都历历如在目前。他的诗不是冷冰冰的雕凿过的大理石,是有情感的热烘烘的曼妙的音乐。他平常说话就是惯用亲昵的热情的腔调,所以笔底下也是一派撩人的妩媚。

再别康桥

轻轻的我走了,
　正如我轻轻的来;
我轻轻的招手,
　作别西天的云彩。

那河畔的金柳,
　是夕阳中的新娘;
波光里的艳景,
　在我的心头荡漾。

软泥上的青荇,
　油油的在水底招摇;
在康河的柔波里,
　我甘心作一条水草。

那榆荫下的一潭,
　不是清泉,是天上的虹。
揉碎在浮藻间,
　沉淀着彩虹似的梦。

寻梦?撑一支长篙,
　向青草更青处漫溯,
满载一船星辉,
　在星辉斑斓里放歌。

但我不能放歌,
　悄悄是别离的笙箫;
夏虫也为我沉默,
　沉默是今晚的康桥!

悄悄的我走了,
　正如我悄悄的来;
我挥一挥衣袖,
　不带走一片云彩。

　　这一首诗是许多人所欣赏的。我的一位美国朋友 Mr·Edward Connyn-

ham 最近曾把此诗译为英文如下：

On Leaving Cambridge Again

Quietly I leave,
Just as I quietly came;
I quietly wave,
Saying goodby to the bright clouds of the Western sky.

The river banks golden willows,
Like brides in a setting sun;
Beautiful shadows in bright waves,
Waving in my heart.

The soft mud's green grasses,
Bright green, waving on the river bottom;
World I were a blade of water grass,
In the river Cam's gentle waves.

That lake under the Elm shadow,
Not a clear fountain but a rainbow in heaven,
Twisted into floating weeds,
Precipitating rainbow dreams.

Dream searching? Push a long boat pole,
Upstream towards green grass and an even greener place,
A boat filled with starlight,
Let loose a song midst pointed starlight.

But I cannot sing,
It is quiet like a parting Hsiao;
The Summer insects are also quiet for me,
Cambridge tonight is silent.

Quiedy I leave,

Just as I quietly came;
My sleeves are waving,
Not taking away a single cloud.

志摩的诗之另一特点是,在白话中夹杂着不少文言的词藻。姑以大家习知的《再会罢康桥》一诗为例,里面就有这样多的字眼:"浪迹","渺茫明灭","理慳归家","枉费无补","钧天妙乐","燕子归来","新秋凉绪","迂道西回","星明有福","素愿竞酬"。"爬梳洗涤","沐日月光辉","哺啜古今不朽","鱼跃虫蚁","长垣短堞","黛薄荼青","轻柔暝色","垂柳婆娑","寸芥残垣","临行怫怫","谠言",等等。有人也许以为这是毛病,白话诗里何以要羼人这样多的文言词藻?我倒不这样想。我以为,中国人以中国文字写诗,不可能完全摒弃前人留下的美妙的词藻。白话诗和文言的旧诗,不可能有个一刀两断的分界线。须知白话里面也有成色之分,"引车卖浆"之流有他们的白话,缙绅大夫也有他们的白话。各人教育程度不同,所使用的白话就有不同的词藻。我并不要在其间强分优劣。有时候使用粗浅的口语颇能传神,有时候要使用较雅驯的词句方能适当的表达意境。诗人手段高强,便能推陈出新,他有撷取文盲词藻的自由。一味的使用粗浅的口语,并不一定就是成功的作品的保证。志摩使用文言词藻,我们不嫌其陈腐,因为他善于运用。他的国文有根底,有那么多的词藻供他驱使,新词旧语,无往不宜。当然,他也有很多诗篇,完全是使用较浅近的口语的。

有一首诗我特别喜欢,我曾在这首诗初在《新月》发表时告诉过志摩,他表示惊讶,也许是因为他自以为这不是得意之作,这首诗题目是《这年头活着不易》:

昨天我冒着大雨到烟霞岭下访桂;
南高峰在烟霞中不见,
在一家松茅铺的屋檐前
我停步,问一个村姑今年
翁家山的桂花有没有去年开的媚。

那村姑先对着身上细细的端详:
活像只羽毛浸瘪了的鸟,
我心想,她定觉得蹊跷,
在这大雨天单身走远道,
倒来没来头的问桂花今年香不香。

"客人，你运气不好，来得太迟又太早；
这里是有名的满家弄，
往年这时候到处香得凶，
这几天连绵的雨，外加风，
弄得这稀糟，今年的早桂就算完了。"

果然这桂子林也不能给我点子欢喜：
枝上只见焦萎的细蕊，
看着凄惨，唉，无妄的灾！
为什么这到处是憔悴？
这年头活着不易！这年头活着不易！

　　据志摩讲，他到满家弄访桂，原意是希望在那漫山的桂林当中捡一个路边的茶座坐下，吃一碗新鲜桂花煮的新鲜栗子汤，——闷热的，喷香的，甜滋滋的栗子汤！没想到扑个空，感而赋此。感得是人生凋敝，世事纷坛，真可说是"人犹如此，木何以堪"了。这首诗末尾带着一点子悲观气味，容易令人联想起哈代（Thomas Hardy）的特有的作风，就是诗的形式和那平易的语调，也都颇似哈代。是的，志摩受哈代的影响很大，他曾在英国访问过这位诗翁，也曾译过他的若干首短诗。哈代的小诗常常是一个小小的情节，平平淡淡，在结尾处缀上一个悲观的讽刺。这是哈代的独特的作风，志摩颇能得其神韵。志摩说："老头难得让他的思想往光亮处转"，即是指哈代的悲观。《新月》月刊第一期，有志摩介绍哈代的文章，及译哈代诗。
　　另一个人多少影响到志摩的诗，是泰戈尔。这一个老人是印度人，爱和平，爱山水，带着宗教的神秘的气息，于第一次大战后大家诅咒西方物质文明声中，卓然成为一个角色。他在一九二四年四月里到中国来，到各处讲演，颇极一时之盛，尤其是在北平天坛开的欢迎会，当时曾有人作如下之记载：

　　"林小姐（徽音）人艳如花，和老诗人挟臂而行，加上长袍白面郊寒岛瘦的徐志摩，有如苍松竹梅的一幅三友图。徐氏在翻译泰戈尔的英语演说，用了中国语汇中最美的修辞，以硖石官话出之，便是一首首的小诗。飞瀑流泉，琮琮可听。"（吴咏天坛史话）

　　泰戈尔的思想在中国没有留下影响，在文学方面他的散文诗以及自由诗之类倒是引起了一些人的注意。志摩的每一部诗集里面有若干首或者是受泰戈尔影响的。不过，新月社的命名，无疑的是由泰戈尔的诗集的暗示。志摩在上海的寓所三楼亭子间有一精舍，屋里没有桌椅，只是地上铺着厚厚的毯子，有几个软靠枕，据说这是印度式，进门即可随意在地上翻滚，别有情趣。这也许是受泰戈尔的影响罢？

七

志摩死了，至今没有人给他编印全集，我认为这是一件非常可惜的事。陆小曼在志摩日记序里说：

"十年前当我同家璧一起在收集他的文稿准备编印'全集'时，有一次我在梦中好像见到他，他便叫我不要太高兴，'全集'决不是像你想象般容易出版的，不等九年十年决不会实现。我醒后，真不信他的话，我屈指算来，'全集'一定会在几个月内出书，谁知后来固（果）然受到了意想不到的打击。一年一年的过去，到今年整整的十年了，他到五十了，'全集'还是没有影儿，叫我说什么？怪谁？怨谁？"

这是一九四七年写的。至今又已十多年了。全集还是没有影儿！小曼所说到的"意想不到的打击"，我们不知究何所指。已出版的作品编印为全集，应该没有什么困难。未刊行的作品，以及书信之类的搜集，可能有困难。但这困难似乎应该没有什么不可克服的道理。况且全集不一定要"全"，以后还可陆续的补。这"意想不到的打击"究竟是什么呢？何以小曼要发出"怨谁？怪谁？"的感叹呢？听说，志摩有一大堆文字在林徽音手里，又有一大堆在另外一位手里，两方面都拒不肯交出，因此"全集"的事延搁下来。我不知道这传说是否正确。总之，志摩全集没有印出来，凡是他的朋友都有一份责任。

台北坊间出现的志摩诗文选集一共十一册，割裂凌乱，一部分影印的尚无错误，一部分新排的则错误太多，最不可原谅的是任意编排而冠以新的书名，每册有编者写的甚不高明的序文，尤为可厌。

我这一篇小文，既不是传记，也不是评论，只是一篇拉杂的回忆而已。

骂人的艺术

古今中外没有一个不骂人的人。骂人就是有道德观念的意思，因为在骂人的时候，至少在骂人者自己总觉得那人有该骂的地方。何者该骂，何者不该骂，这个抉择的标准，是极道德的。所以根本不骂人，大可不必。骂人是一种发泄感情的方法，尤其是那一种怨怒的感情。想骂人的时候而不骂，时常在身体上弄出毛病，所以想骂人时，骂骂何妨。

但是，骂人是一种高深的学问，不是人人都可以随便试的。有因为骂人挨嘴巴的，有因为骂人吃官司的，有因为骂人反被人骂的，这都是不会骂人的缘故。今以研究所得，公诸同好，或可为骂人时之一助乎？

一　知己知彼

骂人是和动手打架一样的，你如其敢打人一拳，你先要自己忖度下，你吃得起别人的一拳否。这叫作知己知彼。骂人也是一样。譬如你骂他是"屈死"，你先要反省，自己和"屈死"有无分别。你骂别人荒唐，你自己想想曾否吃喝嫖赌。否则别人回敬你一二句，你就受不了。所以别人有着某种短处，而足下也正有同病，那么你在骂他的时候只得割爱。

二　无骂不如己者

要骂人须要挑比你大一点的人物,比你漂亮一点的,或者比你坏得万倍而比你得势的人物,总之,你要骂人,那人无论在好的一方面或坏的一方面都要能胜过你,你才不吃亏。你骂大人物,就怕他不理你,他一回骂,你就算骂着了。因为身份相同的人才肯对骂。在坏的一方面胜过你的,你骂他就如教训一般,他即便回骂,一般人仍然不会理会他的。假如你骂一个无关痛痒的人,你越骂他他越得意,时常可以把一个无名小卒骂出名了,你看冤与不冤?

三　适可而止

骂大人物骂到他回骂的时候,便不可再骂;再骂则一般人对你必无同情,以为你是无理取闹。骂小人物骂到他不能回骂的时候,便不可再骂;再骂下去则一般人对你也必无同情,以为你是欺负弱者。

四　旁敲侧击

他偷东西,你骂他是贼;他抢东西,你骂他是盗,这是笨伯。骂人必须先明虚实掩映之法,须要烘托旁衬,旁敲侧击,于紧要处只要一语便得,所谓杀人于咽喉处着刀。越要骂他你越要原谅他,即便说些恭维话亦不为过,这样的骂法才能显得你所骂的句句是真实确凿,让旁人看起来也可见得你的度量。

五　态度镇静

骂人最忌浮躁。一语不合,面红筋跳,暴躁如雷,此灌夫骂座、泼妇骂街之术,不足以言骂人。善骂者必须态度镇静,行若无事。普通一般骂人,谁的声音高便算谁占理,谁的来势猛便算谁骂赢,唯真善骂人者,乃能避其锋而击其懈。你等他骂得疲倦的时候,你只消轻轻的回敬他一句,让他再狂吼一阵。在他暴躁不堪的时候,你不妨对他冷笑几声,包管你不费力气,把他气得死去活来,骂得他针针见血。

六 出言典雅

　　骂人要骂得微妙含蓄,你骂他一句要使他不甚觉得是骂,等到想过一遍才慢慢觉悟这句话不是好话,让他笑着的面孔由白而红,由红而紫,由紫而灰,这才是骂人的上乘。欲达到此种目的,深刻之用意故不可少,而典雅之言词则尤为重要。言词典雅可使听者不致刺耳。如要骂人骂得典雅,则首先要在骂时万万别提起女子身上的某一部分,万万不要涉入生理学的范围。骂人一骂到生理学范围以内,底下再有什么话都不好说了。譬如你骂某甲,千万别提起他的令堂令妹。因为那样一来,便无是非可言,并且你自己也不免有令堂令妹,他若回敬起来,岂非势均力敌,半斤八两?再者骂人的时候最好不要加入以种种难堪的名词,称呼起来总要客气,即使他是极卑鄙的小人,你也不妨称他先生,越客气,越骂得有力量。骂的时节最好引用他自己的词句,这不但可以使他难堪,还可以减轻他对你骂的力量。俗话少用,因为俗话一览无遗,不若典雅古文曲折含蓄。

七 以退为进

　　两人对骂,而自己亦有理屈之处,则于开骂伊始,特宜注意,最好是毅然将自己理屈之处完全承认下来,即使道歉认错均不妨事。先把自己理屈之处轻轻遮掩过去,然后你再重整旗鼓,着着逼人,方可无后顾之忧。即使自己没有理屈的地方,也绝不可自行夸张,务必要谦逊不遑,把自己的位置降到一个不可再降的位置,然后骂起人来,自有一种公正光明的态度。否则你骂他一两句,他便以你个人的事反唇相讥,一场对骂,会变成两人私下口角,是非曲直,无从判断。所以骂人者自己要低声下气,此所谓以退为进。

八 预设埋伏

　　你把这句话骂过去,你便要想想看,他将用什么话骂回来。有眼光的骂人者,便处处留神,或是先将他要骂你的话替他说出来,或是预先安设埋伏,令他骂回来的话失去效力。他骂你的话,你替他说出来,这便等于缴了他的械一般。预先安设埋伏,便是在要攻击你的地方,你先轻轻的安下话根,然后他骂过来就等于枪弹打在沙包上,不能中伤。

九　小题大作

　　如对手方有该骂之处,而题目甚小,不值一骂,或你所知不多,不足一骂,那时节你便可用小题大作的方法,来扩大目标。先用诚恳而怀疑的态度引申对方的意思,由不紧要之点引到大题目上去,处处用严谨的逻辑逼他说出不逻辑的话来,或是逼他说出合于逻辑但不合乎理的话来,然后你再大举骂他,骂到体无完肤为止,而原来惹动你的小题目,轻轻一提便了。

十　远交近攻

　　一个时候,只能骂一个人,或一种人,或一派人。决不宜多树敌。所以骂人的时候,万勿连累旁人,即使必须牵涉多人,你也要表示好意,否则回骂之声纷至沓来,使你无从应付。

　　骂人的艺术,一时所能想起的有上面十条,信手拈来,并无条理。我作此文的用意,是助人骂人。同时也是想把骂人的技术揭破一点,供爱骂人者参考。挨骂的人看看,骂人的心理原来是这样的,也算是揭破一张黑幕给你瞧瞧!

中国20世纪名家散文经典

时间即生命

最令人怵目惊心的一件事,是看着钟表上的秒针一下一下的移动,每移动一下就是表示我们的寿命已经缩短了一部分。再看看墙上挂着的可以一张张撕下的日历,每天撕下一张就是表示我们的寿命又缩短了一天。因为时间即生命。没有人不爱惜他的生命,但很少人珍视他的时间。如果想在有生之年作一点什么事,学一点什么学问,充实自己,帮助别人,使生命成为有意义,不虚此生,那么就不可浪费光阴。这道理人人都懂,可是很少人真能积极不懈的善为利用他的时间。

我自己就是浪费了很多时间的一个人。我不打麻将,我不经常的听戏看电影,几年中难得一次,我不长时间看电视,通常只看半个小时,我也不串门子闲聊天。有人问我:"那么你大部分时间都作了些什么呢?"我痛自反省,我发现,除了职务上的必须及人情上所不能免的活动之外,我的时间大部分都浪费了。我应该集中精力,读我所未读过的书,我应该利用所有时间,写我所要写的东西,但是我没能这样作。我的好多的时间都糊里糊涂的混过去了,"少壮不努力,老大徒伤悲。"

例如我翻译莎士比亚,本来计划于课余之暇每年翻译两部,二十年即可完成,但是我用了三十年,主要的原因是懒。翻译之所以完成,主要的是因为活得相当长久,十分惊险。翻译完成之后,虽然仍有工作计划,但体力渐衰,有力不从心之感。假使年青的时候鞭策自己,如今当有较好或较多的表现。然而悔之晚矣。

中国20世纪名家散文经典

再例如,作为一个中国人,经书不可不读。我年过三十才知道读书自修的重要。我披阅,我圈点,但是恒心不足,时作时辍。五十以学易,可以无大过矣,我如今年过八十,还没有接触过易经,说来惭愧。史书也很重要。我出国留学的时候,我父亲买了一套同文石印的前四史,塞满了我的行箧的一半空间,我在外国混了几年之后又把前四史原封带回来了。直到四十年后才鼓起勇气读了"通鉴"一遍。现在我要读的书太多,深感时间有限。

无论作什么事,健康的身体是基本条件。我在学校读书的时候,有所谓"强迫运动",我踢破过几双球鞋,打断过几只球拍。因此侥幸维持下来最低限度的体力。老来打过几年太极拳,目前则以散步活动筋骨而已。寄语年青朋友,千万要持之以恒的从事运动,这不是嬉戏,不是浪费时间。健康的身体是作人作事的真正的本钱。